일상에서 만나는 따뜻한 마음을
담았습니다. 행복하세요.
2021년 가을 엄희자

이제부터
쉽게
살아야지

엄희자 지음

사랑으로 엮은 책

출판사 편집실에 근무하며 해뜨기 전에 나가 깜깜해야 돌아오는 생활을 몇십 년 계속했다. 오직 일에만 몰두했던 긴 세월, 내가 하는 일 외에는 마음을 쓸 시간이 없었다. 질주만 하느라고 행복할 수 있는 기회를 놓치고 있었다.

　그러다가 정년퇴직을 맞았다. 퇴직 후 갑자기 주어진 시간 앞에 당황하고 있는 나에게 "글을 쓰세요." 하고 용기를 준 후배 혜자 씨, "너 문단에 데뷔할래?" 하고 조용히 말씀해주신 나의 스승이자 작가이신 박순녀 선생님, "엄마는 쓰고 딸은 그리면 되겠네!" 하고 빙그레 웃으시던 학원사 김영수 회장님, 이분들이 쭈뼛대는 내게 용기를 준 고마운 분들이다. 특히 이 책의 출판을 기꺼이 맡아준 후배 이진희 사장에게 감사한다.

살아보니 주변인들이 내 삶의 영양제임을 비로소 알겠다. 가족의 사랑이 비타민이고 주변인들의 따뜻한 관심이 보약임을 알고부터 내 맘속에 사랑의 싹이 자라고 있음을 느낀다.

언 땅에서 모락모락 김을 뿜으며 삐져나오는 풀잎 한 포기, 천방지축 뛰어다니는 내 강아지, 아침마다 찾아오는 길고양이, 시도 때도 없이 날아와 짹짹대는 새들에게까지 따뜻한 눈길을 줄 수 있는 여유가 생겼으니 얼마나 큰 축복인가. 이 모든 것들이 친구이고 가족이고 내 편이다.

길을 걷다가도 산책을 하다가도 지하철 안에서 옆자리 낯선 사람과 수다를 떨다가도 지인들과 차를 마시며 식사를 할 때도 문득 가슴 떨림이 느껴지면 그것을 잡아 글로 옮겼다. 아니 일기를 썼다. 그것들이 모아져 이 책이 된 것이다. 내 글의 모티브를 만들어준 모든 이들에게 다시 한번 감사를 드리며 나의 외로움을 달래준 버팀목이었음을 가슴 깊이 묵상한다.

하나뿐인 딸을 먼 나라로 시집보내고 덩그러니 홀로 남았을 때 찾아낸 소일거리가 나의 노년기를 채워주는 양식이 되어 하루하루가 이렇게 보람 있고 든든할 줄이야…. 매일 아침 영상통화로 내게 저희들의 생활을 미주알고주알 얘기하면 나 또한 숨김없이 하루를 풀어놓는 것으로 화답하는 우리 모녀의 행복한 시간도 내게는 벅찬 선물이다.

이 모든 축복이 그동안 한눈팔지 않고 앞만 향해 달렸던 나의 우직함에 대한 답인 듯싶어 내가 나를 다독인다. 특히 책 만들기에 적극 참여해준 내 사위 준상과 책 사이사이에 제 그림과 표지 그림을 그려준 딸의 마음이 보석 같아 귀하고 소중해서 더 많이 행복하다.

2021년 10월 엄희자

차례

책머리에
6   사랑으로 엮은 책

1장

아름다운 노년

14   쉽게 살아야지

18   책 정리

22   내 작은 정원

27   호칭

30   김 선생의 아내 사랑

36   배려도 병

40   스마트폰

45   안나 할머니의 유산 분배

52   빌려 쓰는 인생

56   잡초

59   아기 목련

64   하얀 우비

68   아서 아서, 그만해

72   고양이 소탕 작전

76   내가 왜 이러지?

80   노인석도 특권인가

83   고양이 쟁탈전

88   공포의 숫자 95

96   겨울나기 부동액

2장

딸바보

102	나는 영원한 3위
107	동상이몽
114	우리 엄마
118	행복한 냄새
123	딸의 칭찬
128	너나 잘해
132	사고뭉치 엄마
138	사라진 토란국 국물
144	묵은지 새우젓볶음
150	딸의 첫 강의
156	내 사위 만나던 날
162	좋은 일을 할 수 있게 해주셔서 감사
167	아버지가 주신 보너스
175	맘먹고 떠난 동생 집 나들이
181	우리 가족을 추억하며

3장

그때 그 시절

190 목단꽃과 누룽지

196 말띠 여대생

204 낯 뜨거운 실수

210 선배 같은 내 아우

214 봄 봄 봄, 봄이 왔어요

218 노년을 위한 리허설

222 사랑하는 후배들! 미안, 땡큐!

232 내 가슴에 잔가시를
박아놓고 간 여인

240 나의 멘토 희경 언니

246 가보고 싶었던 호남여행

252 나의 스승 박순녀 선생님

인터뷰 | 새로운 나를 찾아가는 그녀는 아름답다

1장
아름다운 노년

젊어서 쉽게 받아들여졌던 것들도
두세 번 생각해야 이해되고, 천천히 전류가 흐른다.
인터넷, 스마트폰의 많고 많은 기능,
각종 테크놀로지의 활용법을 주저하지 말고 배우자.
내가 알고 있는 것을 가르치기보다
모르는 것을 배우는 것이 지혜다.
전류의 흐름이 멈추지 않게 충전 체크 자주 하고
오늘을 충실히 살다 보면
내일도 할 일이 많아진다.

쉽게 살아야지

내가 공부하러 가는 길목에 유치원이 하나 있다. 이른 아침에 가는 날은 유치원까지 엄마 손을 잡고 걸어가는 아기들과 만나게 되는데, 어떤 녀석은 룰루랄라 콧노래를 부르며 사뿐사뿐 엄마보다 앞서 유치원으로 쏙 들어가고 어떤 아기는 유치원에 안 들어가겠다고 떼를 쓰며 울기도 한다. 난 홀린 듯 멈춰 서서 미소를 머금고 사랑의 눈으로 그 아기들을 지켜본다.

울어도 웃어도 예쁘기만 한 아기들을 뒤로 하고 교육관으로 들어가면 내 또래 할머니, 할아버지들이 한가득이다. 그날따라 무슨 일이 있는지 어떤 할아버지 한 분이 고래고래 소리를 지르며 사무실 젊은 직원에게 항의를 하고 있다. 늙으면 분노가 많아진다는데 그래서 그런가. 아무튼 상 찌푸려지는 장면이다.

내가 공부하기로 맘먹은 수업은 동양철학의 기본인 사서삼경 중에서도 〈논어〉다. 글 읽는 소리에 끌려 들어갔다가 수강신청을 하고야 말았다.

강의가 시작되는 첫날, 다른 반에 비해 수강생이 많기에 앞자리에 앉아 들으려고 서둘러 나가 맨 앞에 앉았는데 웬걸, 뒤늦게 나타난 할머니 한 분이 자기 자리라고 하면서 일어서라고 한다. 못마땅했지만 펼쳐 놓았던 교재를 주섬주섬 거두고 두 번째 자리로 옮겨 앉았다. 이번에는 할아버지 한 분이 나타나 내 옆에 버티고 서서 일어나주기를 원한다. 그렇게 세 번째 물러났을 때 울컥 화가 치밀어 올라서 한마디했다.

"이 교실은 자리가 정해져 있나요?"

"아뇨, 그런 게 어딨어요. 오는 순서대로 앉는 거죠."

보다 못한 한 여인이 나를 거든다.

칠십이 넘은 나이에도 자존심이 살아있어서 도리에 맞지 않은 일을 당하면 울컥 분노가 올라오고 볼멘소리를 한마디해야 직성이 풀리는 나의 뾰족한 말투도 바람직하지 않지만, 막무가내인 노인들의 자기 주장도 좋은 모습이 아니다.

나이 들수록 고운 말, 예쁜 말을 쓰라고 했는데 늙을수록 무뎌지고 참을성이 없어지니 안타깝다. 나를 몰라주는 세상이 섭섭하고 세상의 질서가 나와 맞지 않으니 짜증이 난다. 자연히 보고 싶은 것만 보게 되고 알고 싶은 것만 알려는 본능이 꿈틀거려 나답지 않은 모습을 드러낼 때 난 참담한 노인으로 추락하고 만다.

과거를 버리기도 어렵고 의연하기도 어렵다. 바꾸기는 더더욱 힘이 든다. 노인의 위치가 벼슬인양 언성을 높이는 것이 영양가 없는 자기주장이고 공허한 외침이라는 것을 빨리 깨달을수록 소외감을 덜 느낄 텐데…. 어떻게 살아야 외롭지 않고 우울하지 않고 상처받지 않으면서 남들과 더불어 잘 살아갈 수 있을지는 스스로가 깨달아야 할 과제 중에 가장 먼저 치러야 할 덕목인 듯하다.

고대 그리스의 철학자들은 행복의 조건을 이성이라고 했다. 감정은 생각 뒤에 따라온다는 것이다. 밉다는 판단은 밉다는 감정을 부추기고 행복하다는 생각은 행복한 마음을 부추긴다고 하는데 말처럼 되지 않으니 이 무슨 엇박자인가. 행복은 전염병과 같아서 내가 행복해야 내 주변 모두가 행복하다고 하니 내가 어떻게 살아야 할지는 선명하게 감이 잡히지만 아직도 우왕좌왕이다.

너무 어렵게 살지 말고 순간순간을 행복해지려고 노력하면 가끔 눈살 찌푸려지는 일이 생겨도 거부감 없이 넘어갈 것이고, 또 밉상으로 보이는 사람들이 있어도 그들을 받아줄 수 있는 여유가 생길 텐데 알면서도 실천이 안 되니 안타깝다.

울어도 웃어도 예쁘기만 한 아기들을 미소로 바라보듯 그런 맘으로 세상의 모든 것을 바라볼 수 있다면 좀 더 너그러워질 수 있을 텐데…. 생각의 방향을 바꾸기가 쉽지 않다. 어리석은 사람은 남의 허물을 현미경으로 들여다보고 지혜로운 사람은 망원경으로 본다고 하지 않았던가. 거울은 내가 웃기 전에 절대로 웃지 않는다고도 했다. 그래 맞다. 고함치는 사람보다 웃는 모습의 노신사가 멋져 보이고, 한 치의 양보도 허락하지 않으려는 사람보다 부드럽고 조용한 태도로 말없이 양보하는 몸짓이 훨씬 우아해 보인다.

가끔 '척척척'을 하는 분들이 있어도 비판하지 말고 '그래, 자랑이라도 할 수 있는 게 얼마나 다행이냐. 노인들이 무슨 재미로 산담. 뻐기는 것은 살아있다는 증거야.' 하고 웃으면서 끄덕여주고, 양보심이라고는 찾아볼 수 없는 분들을 봐도 '내가 양보하지 뭐.' 하고 한발 물러서면 될 것을 그렇게 못한 나의 옹졸함을 반성한다. 내가 따뜻해야 상대도 부드러워지고 세상도 나를 위로하고 보듬어준다는 것을 자각하며 살자.

지금 내게 중요한 것은 즐겁게 공부하는 것이다. 재밌게 배워야 내가 행복해지고 내가 행복해야 세상이 행복해진다는 것을 기억하자. '우리 인생 너무 어렵게 살지 맙시다.' 어느 스님의 통쾌한 한마디가 선명하게 귓전을 울린다.

책 정리

마음먹고 책 정리를 했다. 쌓아두기만 했지, 체계적인 분류도 파악하지 못한 채 흐른 세월이 몇 년인가?

출판사 근무를 사십 년 넘게 하다 보니 들어오는 책도 많고, 내 손을 거쳐 만든 책도 많다. 또 읽고 싶어 사들인 책까지 뒤섞여 있으니 그야말로 무질서하기 짝이 없다. 가끔 자주 보는 책들을 꺼내 손 가까이 옮겨 놓긴 했어도 기억에서 멀어진 책들은 책장 어느 칸에 꽂혀 있는지조차 모르고 있는 형편이다. 책 속에 파묻혀 산 세월만큼 모아진 책들을 다 보관하고 있지는 않지만 생길 때마다 가져다가 책꽂이에 꽂아도 놓고 얹어도 놓은 책들이 벽 두 면을 차지한다.

우선 그동안 저자들이 사인해서 내게 선물한 책들부터 정리하기로 했다. 책이라는 게 묘해서 받을 때나 돈을 지불하고 살 때는 귀하고 소중하여 가슴 두근거리게 하는 흥분이 있지만 한번 내 손에 들어와 나와 익숙해진 다음에는 곧 시들해지고 만다. 그래서 세월이 흐르면 기억 속에서 멀어지나 보다. 그런 책들을 나는 보물인양 껴안고 살고 있다. 한 권 한 권 꺼내다 읽지는 않아도 책이 있다는 그 자체만으로 뿌듯하여 선뜻 덜어내기가 주저된다.

우연히 손에 넣은 수필집 중에 〈반만 버려도 행복하다〉라는 에세이집을 가까이 놓고 읽고 있는 중이다. 동아일보 기자였던 필자는 60이 넘은 독신녀로 일찍이 노후 준비를 한다고 실버타운에 들어가 노인들과 함께 살면서 그곳에서 일어나는 크고 작은 에피소드들을 모아 책으로 엮었다. 나는 그 책을 친구인양 가지고 다니면서 지하철에서도 읽고, 병원 대기실에서도 읽고, 찻집에서도 읽는다. 아주 재미있다. 마치 내 친구들의 이야기인 것 같아 웃기도 하고 안타까워하기도 한다. 사람이 늙는다는 것이 이런 것이었나.

저자의 글 중에 "버리지 못하는 것은 기질이고, 취향이고, 성격이다."라는 구절이 있다. 꼭 나를 두고 한 말인 듯하여 밑줄을 쳐놓았다.

어려서부터 나는 버리는 것보다 모으는 것을 좋아했다. 아기자기한 소품들도 좋아했고, 특히 책을 좋아해서 대학 시절 아르바이트해서 생긴 돈은 모두 헌책방 거리였던 청계천에 뿌렸다. 청계천4가에서 6가까지 누비며 한 보따리씩 모아 오는 날은 부자가 된 듯 의기양양했고, 낑낑거리면서 양손에 가득 들고 오는 발걸음은 새털처럼 가벼웠다.

집에 도착하면 어머니는 상을 찡그렸다. 나는 얼른 내 방으로 들어가 누군가의 손때가 묻은 책들을 한 권씩 들춰보며 온갖 상상의 나래를 펼치며 행복해했다. 책을 사가지고 온 날은 읽고 싶은 순서대로 골라 밤을 새우며 읽었다. 나는 유난히 책에 대한 애착이 강하다. 책은 무조건 귀하다는 생각, 돈 이상의 가치가 있다는 생각 때문에 쉽게 버리지를 못한다. 그 책들을 구하기 위해 소비했던 발품이 아까워서도 그렇고 그것들을 읽으며 행복해하던 그 만족감을 버리지 못해서도 그렇다.

그렇게 쌓아놓은 책들이 지하실에도 한가득이다. 몇 번 이사를 다니면서 나 몰래 어머니가 버린 책이 한 트럭은 될 것이라고 짐작은 하지만 그동안 챙기지 못한 책들도 지하실에 가득하다. 이제는 모두 고물이 된 책들이다. 버려도 누가 주워가지도 않을 것 같다. 그런데도 버리기가 너무 아깝다. 선뜻 실행에 옮기지 못하는 것이 기질이고, 취향이고, 성격인가 보다. '그 집착에서 벗어나야 할텐데…' 알면서도 실천이 어렵다.

그러면서 몇 날, 몇 달을 보내다가 누군가 필요한 사람에게 주면 어떨까 하는 생각이 들어 우리 지역의 문화원장에게 말씀을 드렸다. 그랬더니 기꺼이 허락하여 책 보따리를 쌌다. 그런데 재미있는 것이 책 속에 담긴 내용의 가치보다 책의 보존 상태와 활자의 선명도 내지는 읽기에 무리가 없는 책들만 추리게 된다. 책을 만들 때 글자 하나 문장 한 줄에 신경을 곤두세웠던 그 세월이 허무해진다.

아무튼 열 박스를 묶어 보내고 나니 기분은 좋다. '버린다는 것이 이런 것이구나' 하는 생각을 하면서 나머지 책들도 둘러본다. 언젠가는 버려야 할 것들, 결국은 고물상에게 넘겨져 폐지가 될 것들이지만 내 가까이 있을 때만은 귀하게 바라봐 줄 시선이 있으니 그냥 그렇게 놔둬야 할 것 같다.

내 작은 정원

난 요즘 제멋대로인 내 정원과 사랑에 빠져 매일 아침 우리 집 자그마한 마당에 나와 앉아 있다. 화단에 함박꽃, 수국, 영산홍, 난초, 프록스, 나리꽃, 달맞이꽃들과 울타리 안쪽에 바짝 붙어서 내 집을 지켜주고 있는 감나무, 목련, 모과나무, 사철나무, 황매화, 장미넝쿨들이 제법 든든해 대견한 마음으로 바라본다.

거기에 작은 마당을 꼬리 흔들며 활개치는 못생긴 강아지 한 마리, 제 집인 양 드나드는 점박이 고양이 모녀, 가끔씩 찾아오는 이름 모를 새들과 함께 살아가니 이만하면 다복하지 않은가.

코로나 19로 외출을 못하게 된 후부터 나의 정원 사랑은 더 깊어졌다. 1년 이상 집에 갇혀 숨통이 막혔을 때 코에 바람을 넣어준 곳도 이 마당이고, 안약 신세를 지고 있는 내 눈의 피로를 풀어준 곳도 내 정원이다. 화단 안팎에 마음대로 솟아 있는 풀들도 물이 오른 나뭇잎들도 싱그러운 연초록빛으로 내 눈을 맑게 해주니 명약 중의 명약이 내 뜰에 있다.

하루 종일 입 한 번 떼지 못한 날, 마당에 나가 앉아 있으면 무조건 달려와 안기는 내 강아지, 쌀쌀맞게 사라졌다가도 어느새 슬그머니 나타나는 고양이 모녀, 가끔씩 포르르 날아오는 짹짹이 꼬마 새들도 내 입을 열게 하는 나의 다정한 친구들이니 아쉬울 게 없다. 지금은 아파트로 이사했지만 내 마당보다 네댓 배는 넓고 아름다운 정원을 가졌던 분이 우리 집에 놀러 와서 웃으면서 "정원이 코딱지만 하네." 하고 놀렸을 때, "왜요, 어때서요? 코딱지만 해도 난 이 정원이 내 맘에 꼭 들어요. 나와 잘 어울리는 이 집, 이 정원을 진심으로 사랑해요." 하고 말할 뻔했던 기억이 앙금처럼 가슴 밑바닥에 가라앉아 있지만.

어쨌든 나는 이 집이 좋고 내 정원이 정겨워 아끼고 보듬는다. 욕심 안 부리고 사는 소박한 내 삶, 내가 있는 자리에서 내가 가진 것만큼만 살려고 하는 나의 노력, 윤기 나는 명품보다 손때 묻은 집기들을 아끼는 촌스러움, 유행 지난 옷이라도 색을 맞춰 정갈하게 입으려는 나의 패션 취향, 신곡보다 흘러간 팝송을 찾아 듣고 만족해하는 나의 성향이 부끄럽지 않아 다행이다.

나와 닮은 집에서 살아서 그런가 나는 늘 부자다. 모임에 나가면 모두들 아파트로 이사할 것을 권하지만 난 그들의 충고를 귀 밖으로 듣는다. 아파트의 편리함과 안정성을 모르는 게 아니지만 밀폐된 공간에서 느낄 외로움과 정적을 감당하기 힘들 것 같다.

　마당 입구에 금이 간 항아리를 놓고 엄마를 떠올리고, 이제는 고목이 되어 톱밥이 쏟아져도 가을이면 주렁주렁 매달리는 탐스러운 감을 보면서 기둥처럼 키가 크셨던 아버지를 그리워한다. 이 집은 내 가족의 흔적이고 끈끈한 유기체이고 사랑이고 추억이고 살아가는 힘이기도 하다. 이런 나의 꼴통 철학이 이 집을 사랑하지 않을 수 없는 이유인 듯하다.

　집을 둥지라고도 하고 보금자리라고도 하는 이유를 알 것 같다. 새들이 짚과 흙을 물어다가 처마 밑에 둥지를 틀고 거기에서 새끼를 낳고 기르기도 하는 둥우리. 새들도 아무 데나 자리를 잡는 게 아니라고 한다. 그래서 옛 사람들은 자기 집 처마 밑에 새집이 생기면 기뻐하며 수시로 올려다보고 정담을 나누었나 보다. 집은 가족의 오손도손함이 있어야 하고 웃음이 있어야 하고 소통과 유대감이 오고가야 그 끈이 씨줄 날줄이 되어 튼튼하게 엮어진다.

　요즘 집을 보금자리로 보지 않고 재산, 혹은 상품으로 보는 사람들이 많아지면서 세상이 시끄럽다. 정책을 바꾸고 계획을 고치고 또 고쳐도 영원히 해결될 것 같지 않은 이 현실이 염려스럽다.

주생활은 인간의 기본 권리다. 스위트홈이 뭔가. 적어도 그 안에 가족을 끌어들이는 달콤함이 있어야 하지 않을까.

내가 초등학교 5학년 때, 그러니까 거의 70여 년 전 학교 가는 길 산마루에 오두막집이 한 채 있었다. 그 집 앞마당은 늘 깨끗하게 비질이 되어 있었고 둘레에 가지런히 심은 봉숭아, 채송화, 나팔꽃이 아침 햇살을 받아 눈부셨다. 난 지름길을 핑계 삼아 일부러 그 집 마당을 밟고 지나갔다. 그때 나는 그 집에서 가난이 아닌 포근함, 윤택함, 여유로움을 느꼈다.

코딱지만 한 내 집, 내 정원에서 행복을 느끼고 맘껏 취해 있는 나를 보면 나 또한 남부러울 게 없는 노인임이 분명하다. 못난이 내 강아지, 코에 점이 있는 점박이 고양이 모녀, 가끔씩 내 집이 좋다며 드나드는 이름 모를 새들, 특히 환호하며 박수 쳐주는 딸이 있는 한, 나는 내 안식처인 우리집, 내 정원을 사랑하지 않을 수가 없다.

호칭

'여사!'라는 호칭이 낯설다. 왜일까. 그동안 귀에 익었던 호칭이 아니어서일까. 아니면 여사라는 단어가 주는 이미지가 내 것 같지 않아서일까. 사십대에도 '아줌마'라는 호칭을 어색해 했고, 칠십대에도 '할머니'라는 호칭에 불쾌감을 느끼는 내 의식에 문제가 있는 것 같다.

사십 줄에 있을 때 어쩌다 가끔 어머니를 따라 장에 가면 우두커니 서서 계산하는 어머니를 바라보는 나를 보고 이상한지 "아줌마는 뭐하고 노인이 계산을 하세요?"라고 가게 주인이 내게 핀잔을 주곤 했다. 그 아줌마라는 호칭이 싫어서 씩씩대던 그 시절이나 지금 할머니가 되어 아이들이 '할머니'라고 하면 불쾌지수가 쑥 올라가는 것도 같은 맥락이다.

단독주택에서 30년 이상 살고 있는 우리 집은 앞집도 옆집도 다세대 주택이다 보니 이집 저집에 꼬마들이 있고, 그 꼬마들이 오며 가며 우리 집을 기웃거린다. 우리 집에 개 한 마리가 문간을 지키고 있기 때문이다. 그 중에 한 녀석은 우리 개를 특히 좋아해서 오면서 가면서 대문 밑으로 간식을 밀어주곤 한다. 그 모습이 사랑스러워 문을 열어주고 머리를 쓰다듬어주었더니 대뜸 "할머니, 나 이 강아지와 놀아도 돼요?"라고 묻는다. 할머니라는 호칭이 괘씸해서 "안 돼!"라고 거절하고 싶었지만 아이에게는 당연한 호칭이었음을 얼른 깨닫고 "그러럼. 놀고 싶으면 벨을 눌러!" 인자한 척 응답해주었더니 이 녀석 신이 나서 우리 집 골목에 들어서기만 하면 예외 없이 목청껏 "할머니! 할머니! 문 열어주세요!" 하고 외친다. 할머니라는 호칭에 굴복할 수밖에 없는 지금의 위치지만 엄밀히 따지면 손자 손녀가 아직 없으니 '할머니'라는 호칭이 낯설다는 건 거짓이 아니다.

동네 아이들이 당연하게 부르는 '할머니'라는 호칭에 섬칫해지는 것처럼 예를 갖춘다고 불러주는 '여사'라는 호칭도 어색하기는 마찬가지다.

평생을 계급사회에서 대리, 차장, 부장, 주간, 국장이라고 불리는 데 익숙했던 나. 그 계급장을 따기까지 애써왔던 세월이 한갓 허상이었음을 이제야 깨닫지만 호칭에 꽤나 민감했던 그 시절의 의식구조에서 벗어나지 못하고 있는 내가 부끄럽다.

도전을 목표로 했던 젊은 시절, 한 계급씩 호칭이 올라갈 때마다 맛보았던 그 짜릿함, 그 도전이 이제는 한낱 물거품이었나 싶다.

가끔 모임에 나가면 재미있는 넌센스가 연출되기도 한다. 하늘같이 높고 무서웠던 부장님 앞에 새까만 후배가 국장 타이틀을 달고 나타났을 때, 모두들 "국장님!" 하고 악수를 청하면 계급장을 단 후배는 쑥스러워 자라목이 되고 만다.

그 어색한 분위기를 평정하는 부장님의 한말씀.

"괜찮아. 나는 여러분의 영원한 부장 맞아. 그게 이상하면 그냥 이름을 불러. 부모님이 지어주신 이름 석 자, 얼마나 좋아? 사회에서 얻은 호칭은 허상이야. 사회적 위치가 존재의 의미인 줄 알고 달려온 자네들이 자연인으로 돌아왔을 때 남는 것이 무엇인지 한번 생각해 봐."

맞다. 우리는 때로 어색한 호칭을 걸치고 살기 때문에 버겁고 쑥스러울 때가 많다.

김 선생의 아내 사랑

김 선생은 며칠 내내 심기가 불편하다. 한 달 넘게 아내의 잔기침이 멈추지 않기 때문이다. 무슨 놈의 가래가 가슴팍에 머물러 넘어가지도 않고 뱉어지지도 않는지 알다가도 모를 일이다.

"캑캑거리지 말고 칵 뱉어버려!"

안쓰러운 속내와는 달리 퉁명스런 말투가 불쑥 튀어나온다.

"누군 뱉을 줄 몰라서 안 뱉어요? 안 나오니까 그렇지!"

아내의 대답도 곱지 않다. 오는 말이 고와야 가는 말이 곱지, 좀 부드럽게 말하면 어디가 덧나? 아내는 섭섭하지만 주방으로 가서 남편이 좋아하는 비스킷과 곶감을 챙겨 다탁에 올려놓는다. 방금 전 쏘아붙인 말대꾸가 마음에 걸려서다.

평생 그렇게 살아왔던 것처럼 어색한 분위기가 금방 마무리 된다.

툭툭 던지는 김 선생의 퉁명스런 말투, 뭔가 자기 맘대로 되지 않으면 떨어지는 불벼락, 누구보다 속정이 깊고 다정한 품성을 지녔으면서도 그놈의 성질 때문에 오해도 잘 받고, 말썽도 잘 일으키는 남편을 평생 받들고 섬겨온 아내다. 육십여 년을 수없이 넘고 넘은 인생 고개, 산다는 게 뭔지 나이 들수록 다그쳐지는 마음으로 상념에 빠질 때가 많다.

함께 살아온 긴 세월이 어느새 기차 지나가듯 휙 가버렸다. 그런데 몇 년 전부터 아내는 여기저기 아픈 데를 호소하고 고장 나는 데가 많아 요즘 와서 부쩍 병원 다니는 것이 일상이 되었다.

얼마 전에는 2년 전에 해 박은 임플란트가 무너져 이빨이 빠져버리더니 요즘은 허리가 아파서 사십 년을 계속해온 체조도 거르는 일이 생기고 꾸준히 즐기던 아침 산책도 도중에 멈추는 일이 자주 있어 속이 상한다.

누구보다 노인임을 스스로 거부하는 아내, 뛰어난 감각으로 외모에 신경을 쓰는 아내는 어딜 가나 주인공이었다. 백세를 목표로 살고 있는 이들의 마음은 언제나 청춘이다. 그래서 이웃의 젊은이들과 친구인양 어울리며 잘 지낸다. 사십년을 한 동네에서 살다 보니 주변에 있는 미장원, 옷가게, 옷 수선

집이 모두 단골이다. 이 가게들이 아내의 아지트다.

젊어서는 공식적인 부부동반 모임만 골라 다녀도 일주일이 바빴는데 이제는 그런 모임들은 다 끊어낸 지 오래고 오로지 동네 아낙들의 친목모임에 나가 웃고 떠들고 맛난 것 먹고 하는 것이 더 즐겁다.

이 모임에 모이는 여인들은 모두 오십대 중반에서 칠십대 초반이다. 이들 중에는 여학교 때 날리던 똑순이 같은 여인도 있고, 대학을 나온 인텔리 할머니도 있는가 하면 자식들을 훌륭한 교수나 사업가로 길러낸 장한 어머니도 있다. 특히 입담 좋고 성격 활달한 여인네들이 끼어 있어 모이기만 하면 기분 좋은 에너지가 팍팍 솟는다. 아내는 아침 먹고 나면 가방 하나 챙겨 들고 이들이 모이는 장소에 나간다.

김 선생은 그런 아내가 못마땅하다. 아내가 외출하고 나면 혼자서 먹는 점심이 싫고, 누구 하나 말 상대가 없으니 TV 켜 놓고 채널 돌려가며 뉴스 보다가 졸다 깨다 하다 보면 하루 해 가 지나간다. 해질녘이 돼야 아내가 돌아오지만 저렇게라도 즐거움을 찾으려는 아내의 생활 패턴을 말리지 말자고 이성 으로 극복한다.

김 선생의 소원은 아내가 자기보다 몇 년이라도 더 살아줬 으면 하는 바람이다. '단 며칠이라도 내가 먼저 가얄 텐데….' 아내의 치마폭에서 가고 싶은 것이 생을 마감하는 한 신의 그림이다. '나보다 먼저 가면 어쩌지?' 하는 염려가 생기면 가슴이 쿵 내려앉는다. 상상하기도 싫다. 아내가 없으면 자신의 존재도 없다. 그래서 몇 십 년 정들어 살던 저택을 정리하고 공기 좋은 아파트로 이사를 했다. "이만하면 내가 간 후에도 걱정 없이 살 수 있겠지. 자식들이 함께 살자 하면 그건 당신이 알아서 할 일이고…."

유언 아닌 유언을 대화처럼 나눈다.

아내의 지혜로운 뒷바라지가 지금의 안식을 선물로 안겨줬지만 그 고마움을 제대로 표현하기가 쑥스러운 것이 김 선생의 솔직한 고백이다. 그래서 아내의 허물어지는 모습을 보면 위로보다 짜증이 앞선다. 누구보다 아름답고 현명했던 아내, 판단력이 정확하여 알게 모르게 자신을 코치했던 아내가 아파서 골골대는 모습이 자기 탓인 듯해서 더욱 화가 난다. 인생의 결승선에서 마무리를 잘하고 싶다. 해돋이보다 저녁 노을이 아름답고 활짝 핀 꽃보다 단풍의 아름다움을 알게 됐으니 맥이 빠지면 안 된다. 마음을 다잡자, 기운을 차리자, 당당하게 구순을 맞이하자. 이제부터다, 멋진 모습을 보여주자. 그 자리를 아내와 함께하고 싶다. 생각 끝에 김 선생은 아내의 팔순 날 시 한 편을 써서 아내에게 바쳤다.

여보!
아직도 내 마음은 청춘인데

몸은 벌써 황혼길 팔순이구려

이것도 내려놓고 저것도 버렸는데

지금도 그 욕심은 남아 있는바

서럽고 분한 일 참고 지나니

기쁘고 즐거운 일 더욱 많더라

봄날에 곱게 핀 복사꽃보다

늦가을 고목에 핀 은행 단풍잎

나는 왜 그 단풍이 닮고 싶을까?

남은 욕심 버리고 다 버리고

당신과 나 보듬고 살다 가세나

남편 김병의

아파트 생활을 시작한 김 선생은 그날부터 자신의 하루 스케줄을 다시 짰다. 새벽 여섯 시 아침 운동하고 돌아와서 열 시쯤 늦은 아침을 먹고 아내가 외출 준비를 하면 자신도 옷을 갖춰 입고 아내를 따라 나선다.

다행히 구순 나이에도 운전 능력이 쇠퇴되지 않아 아내를 목적지까지 태워다줄 수 있어 흐뭇하다. 그리고 자신은 복지관이나 기원에 가서 바둑을 둔다. 아니면 다시 집으로 돌아와 주차장에 차를 세워 놓고 북한산 산책로에 오른다. 오며 가며 만나는 이들에게 말을 걸고 화답하는 것도 재미있다. 점심은 아침에 나가면서 아내의 스케줄을 물어 약속을 하든지 아니면 먹고 싶은 것을 찾아 혼자서 해결하기도 한다. 그러다 보면 해질녘, 이제 아내를 모시러 갈 시간이다. 아내의 아지트에서 아파트까지 교통편이 마땅찮다는 것이 이유이긴 해도 김 선생은 이런 일정이 싫지 않다. 나이 들어서도 아내를 위해 뭔가를 해줄 수 있다는 것이 기분 좋다. 점점 더 소중해지는 아내의 존재. 아내 역시 남편의 존재가 점점 더 크게 다가온다. 두 사람 다 서로의 존재가 소중해서 측은지심이 생긴다. 아내의 기침소리가 자신의 가슴을 쥐어짜게 하고 짜증나는 것도 혹시 아내가 먼저 갈까 봐 겁이 나서인지도 모른다.

"여보, 내 맘은 그게 아닌데 툭툭 던지는 내 말투, 그것 좀 봐주구려."

아내 역시 "알았어요!" 하고 상냥하게 대답하고 싶지만 그게 잘 안 된다. 서로를 향한 사랑과 믿음을 표현하는 것이 왠지 쑥스럽고 서투르다. 주변인들은 이 부부의 이런 모습이 아름다워 짝짝짝 박수를 친다.

배려도 병

김장을 못했다는 내가 안쓰러웠는지 배려심 많은 어르신이 김치를 주신단다. 나보다 웃어른에게 김치를 얻어먹는 것이 쑥스럽고 부끄럽지만 염치 불구하고 감사하다는 인사를 할 수밖에 없다.

"다른 사람들 눈치도 있고 해서 이따가 집으로 전화할 테니 근처로 나와."

아침 운동을 하러 나간 자리에서 내게 다가와 귀띔을 한다.

"아뇨. 무거운 것을 어떻게 가져 오시려고…. 제가 댁으로 갈게요."

"나보다 기운도 없고 걸음도 느린 사람이 어떻게 가져가려고…."

차가 없으니 이럴 때 불편하다. 먼 거리는 택시를 이용하면 되는데 가까운 거리가 문제다. 20년 넘게 차 없이는 꼼짝을 못하다가 차를 없앤 후부터 아쉬운 일이 생긴다. 그렇다고 가끔 필요해서 차를 사는 것은 낭비인 듯해서 망설이다가 몇 년이 훌쩍 지나갔다.

"그럼 이렇게 하죠. 제가 카트를 가지고 어르신 댁 근처로 갈 테니 그때 전화하면 나오세요."

"아냐, 내가 손수레 끌고 당신 집 근처로 갈 생각이니 조금 있다가 구산역 3번 출구 약방 앞으로 나와."

어른의 말씀을 더이상 거역할 수가 없어 그렇게 하기로 했다.

나는 약속 시간보다 미리 나갔다. 내가 먼저 나가 있어야 추운 길가에서 노인이 기다리지 않을 것 같아 서두른 것이다. 할머니 댁에서 약속 장소까지는 아무리 빨리 걸어도 15분 거리고 우리 집에서 약속 장소까지는 5분 거리니까 그분이 차 타고 오지 않는 한 나보다 빠를 수는 없다. 그래도 혹시 하는 마음에 20분 일찍 나가 서성거렸다. 20분, 25분, 30분, 35분, 40분…. 약속 시간보다 30분이나 훨씬 지났는데도 할머니는 나타나지 않는다. 이럴 리가 없는데? 몸도 재고 걸음도 빠른 분이라 도착했어도 벌써 도착해 계셔야 한다. 그런데 30분이 훌쩍 넘었는데도 모습이 보이지 않는다. 어찌된 일일까? 어느 쪽으로 오시는지 알면 그쪽으로 발걸음을 옮겨볼 텐데….

그 댁에서 오는 길이 여러 갈래이다 보니 함부로 움직였다가는 놓치기 십상이다.

45분, 50분, 55분, 1시간···. 해도 해도 너무하다. 할머니 댁으로 전화를 걸어보니 받지를 않는다. 댁에서 나오신 것이 분명한데 왜 안 보이지? 걱정이 되기 시작한다. 오다가 혹시 넘어진 것은 아닌지, 약속 장소를 잘못 들은 건 아닌지 만감이 교차한다. 이제는 걱정이 되다 못해 불안하기도 하고 춥기도 하고 화도 난다. 할 수 없이 약국 안으로 들어가 의자에 앉아서 유리창으로 밖을 내다보고 기다려본다. 그리고 핸드폰을 꺼내 전화를 또 건다. 핸드폰도 집전화도 안 받는다. 분명 무슨 일이 있지 않고는 이럴 수가 없다. 빈 몸도 아니고 김치통을 실은 손수레를 끌고 올 텐데 오다가 무슨 사고가 난 게 분명하다. 초조해하고 있는데 창 밖에 마스크로 얼굴을 반이나 가린 할머니가 손수레를 끌고 엉뚱한 곳에서 오고 있다. 나는 반가워서 후다닥 뛰어나갔다.

"아니, 왜 거기서 오세요?"

"어디로 왔어? 난 자기가 여기까지 오기 불편할까 봐 당신 집 근처까지 가서 기다렸지."

"네? 이 무거운 걸 끌고 우리 집까지 가셨다구요?"

"그럼. 난 잰걸음으로 빨리 왔는데 언제 나갔어?"

"추운 데서 기다리실까 봐 미리 나왔죠."

"저런! 이 추운 데서?!"

20분 먼저 나간 것이 문제다. 버려도 주워가지도 않을 똥 같은 배려가 문제다. 차분히 약속 시간에 맞춰 나갔던지 할머니도 우리 집까지 오지 않고 약속 시간에 약속 장소로 왔으면 될 일을 서로 힘 덜어주겠다는 생각이 지나쳐서 엉뚱한 고생을 한 것이다. 나도 나지만 그분의 배려심도 국보급이다.

나이를 먹으면 이런 실수를 많이 한다. 이런 노인들의 멋대로 베푸는 배려가 젊은이들을 짜증나게 한다는 것을 빨리 깨달아야 밉상에서 벗어날 수 있거늘 그게 잘 안 되니 문제다.

스마트폰

지하철 안의 풍경이 달라졌다. 몇 년 전만 해도 맹숭맹숭하고 지루한 표정으로 여기저기 졸고 있는 모습들이 눈에 많이 띄었는데 언제부터인가 손도 귀도 눈도 분주하게 움직이는 생동감 넘치는 분위기로 바뀌었다. 젊은 남녀, 아줌마, 아저씨, 할아버지, 할머니들까지 표정이 살아서 움직인다. 아니, 무엇엔가 빠져 있는 것 같은 표정으로 열중하고 있는 모습들이 진지하다.

처음에는 뭘 들고 저렇게 빠져 있을까 궁금해서 화면을 들여다보고 있는 아주머니 곁으로 슬쩍 다가가 보니 화면이 켜져 있고, 그 화면 안에 한창 인기 방영 중인 드라마가 상영되고 있다. '지하철에서 드라마를 보다니!' 신기하고 놀라웠다. 나도 드라마의 내용이 궁금하던 차라 눈길을 그쪽으로 주었더니 그 아주머니가 슬그머니 내 쪽으로 화면을 가까이 대주면서 싱긋 웃는다.

"그게 핸드폰인가요?"

"스마트폰이에요. 이것만 있으면 심심하지 않아요. 요즘은 지하철 타는 게 재밌어요. 아무리 먼 거리도 금방 가요."

"그렇겠네요."

몇 년 전, 도쿄의 전철 안에서 남녀노소 누구나 손에 책을 들고 열중하고 있는 장면이 보기 좋아 칭찬한 적이 있었는데 이제 우리나라도 책은 아니지만 핸드폰에 정신이 빠져 웃기도 하고 찡그리기도 하면서 살아서 움직이는 분위기가 나쁘지 않다. 스마트폰으로 독서도 하고, 음악도 듣고, 오락도 하고, 강의도 듣고, 공부도 하는 그 모습들이 모두 현재진행형이라는 사실이 마음에 든다.

집에 돌아와 딸에게 그 얘기를 했더니 당장 스마트폰으로 바꿔주겠다고 한다.

"스마트폰은 무슨 스마트폰? 지금 핸드폰도 새것인데…."

"무슨 소리? 인생이 달라질 텐데."

"그래도 비싸서 싫어. 그만 둬. 젊은 애들이나 필요하지 나 같은 늙은이가 스마트폰이 필요할 이유가 없잖아."

"엄만 왜 그렇게 시대에 뒤떨어지는 할머니 같은 소리를 하지? 엄마 친구들도 모두 바꿨을 걸."

"그렇긴 해. 지난 번 모임에 갔더니 카톡방을 만든다고 하더라."

"그것 봐. 엄마 혼자 왕따 당할 거야?"

딸의 끈질긴 설득 작전에 솔깃해져서 "그럴까?" 했더니 당장 신청, 며칠 후 내 손에 손바닥 만한 스마트폰이 쥐어졌다. 그날부터 나는 바보가 됐다. 기계와 내가 따로 노는 것이다. 전화가 와도 받기가 불편하고 전화를 걸으려고 해도 어디를 눌러야 할지 헷갈린다. 알록달록한 아이콘은 왜 그렇게 많은지 돋보기를 써야 보이는 그 아이콘들이 얄밉기만 하다. 그렇다고 전화를 걸 때마다, 아니 전화가 올 때마다 돋보기를 찾아 쓸 수는 없는 노릇이 아닌가? 투덜거리며 불평하는 나를 보고 어이없다는 듯 딸은 내 손가락을 잡고 누르고 훑는 동작을 설명하면서 가르쳐주기에 바쁘다.

"이렇게 불편한 것을 왜 쓰니? 그 전 핸드폰이 훨씬 좋다. 문명이 발달할수록 잃는 것이 많다는 걸 알아야지. 혼줄을 빼먹는 기계가 스마트폰 같아."

"편리함을 이용해야지. 모든 정보, 모든 사무를 이 기계 하나로 다 해결하거든. 정보 교류가 빠르니 시간이 절약되고, 노동력도 그만큼 줄게 되니 결과적으로 이익이잖아. 가까운 길이 있는데 왜 돌아가?"

"그만큼 놓치는 게 많다는 걸 알아야지. 산길을 걸을 때도 가파르고 좁은 길을 걷다 보면 이름 모를 풀꽃들이 얼마나 예쁜 모습으로 숨어있는지 알아? 편리하다고 편평한 길만 걷다 보면 그런 걸 다 놓치고 말아."

요즘 애들은 대화도 필요 없어졌고 함께 하는 놀이도 즐기지 않는다고 한다. 다섯이 모이면 다섯 명 각자가 자기 세계에 빠져 눈도 맞추지 않고 있다가 시간되면 헤어진다고 하니 앞으로 이 애들이 성인이 됐을 때의 세상이 어떻게 바뀔지 상상이 가지 않는다. 세 살박이 아기도 스마트폰을 들고 게임을 한다고 자랑하는 할머니를 본 적이 있다. 뱃속부터 배워가지고 나오나 보다.

그런데 어떻게 된 노릇이 나는 아무리 설명을 들어도 낯설기만 하다. 한번은 밖에 있던 딸이 급히 집에 돌아와 펄쩍 뛰면서 야단을 친다.

"엄마, 왜 전화를 안 받아?"

"벨이 울려서 받기만 하면 끊어지는데 어떻게 하니?"

"받기는 뭘 받아? 집전화도 안 받고, 핸드폰도 안 받고…. 뭔 일 난 줄 알았잖아?"

"그러게 왜 핸드폰은 바꿔서 엄마를 괴롭히니? 나도 속상해서 혼났어."

"엄만 왜 이걸 못하지? 이렇게 슬쩍 스치기만 하면 되는 걸."

"스쳐도 안 되고, 눌러도 안 되던데…. 자꾸 다른 화면으로 바뀌고 정신이 없어. 혼을 빼는 기계인 게 확실해."

딸은 어이가 없다는 듯 핸드폰을 들고 내 손가락을 잡더니 스치는 연습, 누르는 연습을 시키면서 열심히 설명을 한다.

"엄마, 음악이 듣고 싶을 때는 이걸 눌러 봐. 살짝~. 그러면 곡명이 쭉 뜨거든. 엄마가 듣고 싶은 곡명을 이렇게 살짝 터치하는 거야. 혼자 듣고 싶을 때는 이어폰을 끼고~. 양쪽 다 끼면 주변의 말소리를 들을 수 없으니까 한쪽만 끼고 들어. 길을 걸을 때는 듣지 말고."

마치 어린애에게 설명하듯 내 손가락을 잡고 이것저것 아이콘을 터치하면서 가르친다. 기분이 나쁘다. '누굴 바보로 아나?' 바보긴 바보지. 모르니까···. 설명을 들으면 들을수록 더욱 오리무중이다. 세 살박이도 한다는데 나는 왜 안 될까?

"엄마 손에 가시가 있나? 이게 왜 안 될까? 연습이 필요하니까 자꾸 연습해봐. 엄마, 요거 있지? 요걸 누르면 일본어 단어 게임이 나오거든. 이걸로 연습해봐. 일어 공부도 할 겸."

시키는 대로 해보니 재미있긴 하다. 시간도 빨리 지나간다. 거기에 빠져 있는 내가 웃긴다. 혼줄을 뺏어가는 이 기계를 자신의 일부로 여기는 우리 아이들, 아니 그 기계에 맛을 들인 사람들이 많으면 많을수록 이웃이라는 개념도 없어질 것이고 대화도, 따뜻함도, 정서도 메마르지 않을까? 염려를 하면서도 난 오늘 무거운 책 대신 스마트폰 하나만 달랑 챙겨 들고 외출을 했다.

안나 할머니의 유산 분배

안나 할머니는 큰 숙제를 해결한 듯 온몸이 가뿐하다. 새벽 다섯 시, 잠에서 깨자마자 세수하고 가볍게 분단장하고 막내가 사다준 코트를 걸친 후 코앞에 있는 성당으로 달려가 '하느님! 감사합니다.'를 수없이 되내며 두 손을 모은다. 어젯밤 막내의 전화가 이렇게 기쁠 줄이야…. 그래서 오늘 더 하느님께 보고하고 싶은 맘에 급히 성당으로 달려간 것이다.

매일 새벽 미사를 빠뜨리지 않는 안나 할머니. 신부님이 너무 일찍 왔다고 나무랄 정도로 안나 할머니는 성당에 정신줄이 닿아 있다. 그래서 얼마 전 아주 성당 앞 빌라로 이사를 했다. 그동안 할머니가 10여 년이나 살던 개인주택을 좋은 값으로 팔았기 때문에 성당에서 50보 거리도 안 되는 빌라로 주거를 옮겨 할머니의 발걸음이 더욱 신난다. 그런데 집을 팔고 보니 엄청난 돈이 안나 할머니 손에 쥐어졌다. 새로 지은 깨끗한 빌라를 2억 5천만 원에 마련했는데도 무려 4억 5천만 원이 남았으니 이게 무슨 횡재인가? 그동안 전세 놓았던 1억 5천만 원을 빼줘도 3억 원은 남는다. 아들이 넷이니 다 나눠줘도 기분 좋은 금액이다.

안나 할머니는 성당에 가서 하느님께 여쭤봤다.

"하느님, 어째야 쓰것소? 그냥 모두 아이들에게 나누어줄까요?"

그 답이 뜻밖에 안나 할머니의 맘속에서 울린다.

"그럼 넌 뭘로 살래?"

안나 할머니는 예상하지 않았던 자신의 맘속 소리를 듣고 깜짝 놀란다. 내 안에 이런 욕심이 들어 있었다니, 그동안 아들들이 쥐어주는 생활비로도 아쉽지 않게 살았거늘 막상 큰돈을 쥐고 보니 엉뚱한 생각을 하고 있는 자기가 낯설기만 하다.

지금 안나 할머니 연세는 82세. 어디 특별하게 아픈 데도 없고 몸이 가뿐하여 하루도 쉬는 날이 없이 성지순례고 고궁이고 타 성당 행사고 기회만 있으면 부지런히 따라다니는 할머니다. 지금 건강 상태로 봐선 백세는 거뜬히 살 것 같다. 그렇다면 앞으로 20여 년, 그동안 아들들에게 아쉬운 소리 안하고 살려면 적어도 2억 원은 손에 쥐고 있어야 맘이 든든할 것 같다.

기도를 마치고 돌아온 안나 할머니는 결심을 하고 아들들에게 유산 분배를 하기 위해 지나온 세월들을 되짚어 보는 시간을 갖는다.

아들 넷을 멋들어지게 키워낸 안나 할머니. 동네에서도 성당에서도 칭송을 받는 안나 할머니는 아들 넷이 그저 자랑스럽기만 하다.

첫째와 막내가 의사고, 둘째는 은행 지점장, 셋째는 은행 대리다. 이만하면 자랑하고도 남는다. 그것도 순전히 안나 할머니의 고생으로 이뤄낸 필살 성공기다.

쌀 한 톨, 보리 한 톨이 아쉬웠던 지지리 가난한 집으로 시집 와서 20대 초반부터 행상으로 오늘의 행복을 이뤄낸 것이다. 시집도 시집이지만 친정은 왜 또 그리도 가난했는지 낫 놓고 기역자도 모르는 채 가난한 농가로 시집을 와서 밥 굶는 날이 더 많아 스무 살 새댁이 동네에 다니는 행상을 따라 나섰더란다. 처음 시작한 것이 유기 장사, 무겁디 무거운 유기그릇을 한 자루 이고 기차에 올라타려면 너무 무거워 기차 발판에 발을 올릴 수가 없었다는 할머니는 그때의 그 고생을 동화책 읽어주듯이 방긋방긋 웃으며 털어놓는다.

안나 할머니는 아침마다 산책하는 길목에서 만나는 기분 좋은 할머니다. 당신의 살아온 스토리를 어찌 그렇게 감칠맛 나게 엮어서 주변 사람들을 즐겁게 해주는지 인기 만점이다. 키는 150cm도 안 될 만큼 작달막하고, 헤어스타일은 보글보글 라면 머리다. 가끔 색깔 고운 스포츠웨어를 걸치고 씩씩한 걸음으로 산책로를 오간다. 얼굴색은 까무잡잡, 햇살을 많이 받은 건강색이다. 무엇보다 안나 할머니의 특징은 귀여운 미소와 반듯한 걸음걸이다. 항상 입가에 웃음이 떠나지 않는다. 도저히 팔순 노인의 걸음이라고 할 수 없는 단단한 다리 힘이 주변을 감탄하게 한다.

"다리가 튼튼하신가 봐요. 마치 날아다니시는 것 같아요."

"맞아, 난 신바람이 나! 이 세상 사는 것이 얼마나 즐겁고 기쁜지 감사하고 감사할 뿐이야."

"뭐가 그렇게 신나시는데요?"

"지금 내 육신이 얼마나 편해! 옛날 장사할 때 생각을 하면 지금은 훨훨 날을 수밖에…."

그렇다. 할머니는 평생 동안 머리에 무거운 물건을 이고 다니며 장사를 했던 다져진 몸이다. 유기 장사를 시작으로, 과일 장사, 새우젓 장사…. 안 한 장사가 없다고 한다. 처음에는 부끄러워 개미 소리만큼 내던 "사세요!!" 소리가 세월이 흐를수록 익숙해져서 애들이 중학교 가고, 고등학교 갈 무렵에는 자식새끼들 모두 데리고 서울로 와서 만리동 언덕배기에 셋방을 얻어 자리를 잡고 어떻게든 자식들 공부시키는 것에 혼신을 다했다고 한다. 다행히 아이들이 공부를 잘 해서 자기는 때맞춰 등록금만 마련하면 되는데 무식한 에미이고 보니 계산도 밝지 못해 계획적인 개념으로 돈을 버는 것이 아니고 무조건 많이 팔아야만 된다는 일념으로 새벽부터 밤까지 온 힘을 다

해 머리에서 짐을 내려놓지 않았다고 한다.

할머니의 똑똑한 아들들은 어머니가 장사하는 동안 저희끼리 의논하고 계획을 세워 큰형이 의과대학에 합격한 순간 둘째가 휴학을 하고 아르바이트를 해서 형의 등록금을 마련하고, 형이 졸업할 무렵 둘째가 복학을 하면서 셋째가 휴학해서 돈을 벌고, 넷째만 굴곡 없이 무난하게 의과대학을 졸업했다는 할머니의 말씀이다.

안나 할머니는 아들들이 그렇게 릴레이식으로 공부를 하고 있는 줄도 모르고 버는 돈을 아들들에게 내놓아 아들들이 알아서 하게 했다는 것이다.

아들들의 릴레이식 학업 진행을 뒤늦게 알게 된 할머니는 '아이고! 내 새끼들 장하기도 하지!' 하며 이 사람 저 사람에게 아들들 자랑하기에 바빴고, 할머니는 고생이 고생인 줄 모르고 자식들이 자리 잡을 때까지 행상을 했다고 한다.

이런 아들들에게 지금 할머니는 유산 분배를 하려는 것이다. 할머니 판단에 그릇됨이 없어야겠는데 머리가 잠시 복잡해진다.

"그래, 이렇게 하자. 큰아들은 공부하면서 동생 신세를 졌으니 이천만 원 주고, 둘째는 형제들을 위해 제일 희생을 많이 했으니 5천만 원, 셋째는 둘째 형을 위해 나름 애썼으니 2천만 원, 막내는 형들 덕을 많이 봤으니 천만 원만 주자."

이렇게 계산을 하고 나니 2억 원 정도가 남는다. 이것은 자신의 이름으로 남겨 두기로 했다. 자기가 얼마를 쓰고 죽을지 몰라도 남으면 저희들끼리 알아서 할 일이고 이런 내 계산과 계획에 아들들이 이견을 보이지 않았으면 좋겠다.

다음 날, 할머니는 아들들을 한자리에 모았다.

할머니는 밤새 지었다, 헐었다 수백 번은 고치고 고친 내용을 단호하고 분명한 어투로 발표했다.

"이번에 집 팔고 남은 돈을 내 맘대로 분배했다. 골백번 생각해서 내린 내 결단이니 들어보고 에미 생각이 틀렸으면 각자 얘기들을 해봐라."

안나 할머니는 자신의 계산법을 조목조목 알아듣기 쉽게 정리해서 알렸다.

먼저 큰아들이 껄껄 웃으면서 반응을 보인다.

"아이고, 우리 어머니 똑똑도 하시지. 팔십 노인 분이 어떻게 그렇게 좋은 값으로 집을 파셨으며 또 그 계산은 어디 식 계산이실까? 저희들 주실 생각 마시고 어머니 맘대로 쓰세요."

"엄마! 난 또 왜 그렇게 많이 줘요? 형보다 많이 주면 내가 미안하잖아."

둘째의 반응이다. 셋째와 막내는 그저 좋기만 한지 싱글벙글이다.

"엄마! 고마워요. 수지맞았네!"

모두들 신이 나서 시끌벅적 목소리가 커진다. 어느 놈 하나 뾰로통한 자식이 없다. 할머니는 휴! 안도의 숨을 쉬며 어깨가 가벼워짐을 느낀다.

그런데 어젯밤, 제일 적게 받은 막내가 전화를 했다.

"엄마! 고마워요!!"

그 목소리가 촉촉하다. 안나 할머니는 기분이 날아갈 것만 같다. '내 계산법이 틀리지는 않았나 보다. 아니, 내 자식들이 반듯하게 잘 자라준 게 분명해!'

안나 할머니는 기분이 좋아 하느님께 감사 기도를 드리고 산책길에서 만난 사람들에게 이 소식을 전했다. 모두들 부러운 듯 안나 할머니를 우러러본다.

빌려 쓰는 인생

지금 내가 가지고 있는 모든 것들은 내 것이 아닙니다.
살아있는 동안 잠시 빌려 쓸 뿐입니다.
죽을 때 가지고 가지 못합니다.
나라고 하는 이 몸도 내 몸이 아닙니다.
이승을 하직할 때 버리고 떠난다는 사실은
우리 모두가 다 아는 사실입니다.

내 것이라고는 오직 믿음뿐입니다.
영원히 가지고 가는 유일한 나의 재산입니다.

부귀와 권세와 명예도 잠시 빌린 것에 불과합니다.
빌려 쓰는 것이니 언젠가는 되돌려주어야 합니다.

빌려 쓰는 것에 너무 집착하지 말아야겠습니다.

너무 가지려고도 하지 말아야겠습니다.

많이 가지려고 너무 욕심 부리다

모두 잃을 수도 있습니다.

그대로 놓아두면 모두가 내 것입니다.

욕심을 버리고 베풀면

오히려 더 큰 것을 얻을 수 있습니다.

내 것이라고 집착하던 것들을 모두 놓아버립시다.

나 자신마저도 놓아버립시다.

모두 놓아버리고 나면 마음은 비워질 것입니다.

마음이 비워지고 나면 이 세상 모두가

나의 빈 마음속으로 들어올 것입니다.

그것들은 이제 모두 다 나의 것입니다.

구구절절 맞는 말이고 옳은 가르침이다. 매주 주보에 발표하는 신부님의 단상을 즐겨 읽다 보면 이렇게 마음을 정화시키는 글이 있어 '그래, 맞아. 나도 그런 자세로 살아야지.' 하고 밑줄도 긋고 적어놓기도 하지만 생각과 행동이 다른 것을 어쩌랴. 아직도 속물적인 욕심이 있어 갖고 싶은 것도 많고, 먹고 싶은 것도 많고, 가고 싶은 곳도 많다. 그러고 보니 마음 비우기가 그렇게 쉽지 않다.

오늘도 난 TV 홈쇼핑 채널을 보다가 전화기를 집어들었다. 생활하기에 편리할 것 같아 덜컥 주문한 것이다. 쇼호스트들의 달콤한 유혹에 넘어가기도 했지만 욕심의 씨가 맘속 공간에 또아리를 틀고 있어 이 짓을 멈추지 못할 것 같다. 이런 속물적인 욕구가 버티고 있는 한 내 맘이 평화롭지 못할 게 뻔하다.

요즘 나를 괴롭히는 것은 코로나 바이러스다. 두문불출 1년 넘게 집콕을 하다 보니 이제는 짜증이 목까지 차올라 분노로 표출될 때가 있다. 몇 년 만에 한국에 나타난 친구를 못 만난 것이 나의 인내를 폭발하게 한 대표적인 사건이다.

단발머리 소녀 때 만나 이제는 할머니가 된 우리. 기쁨과 슬픔을 함께 한 친구이기에 나이 들어가는 것도 함께 누리고 싶은데 일상의 멈춤이 방해를 하고 있으니 안타깝기만 하다. 모든 것을 무릅쓰고 만나고 싶어도 마스크 쓰고 만나는 게 싫고 사회적 거리 두기 2미터를 지키려면 집에 데려오지도 못하는데 그 어색하고 불편함을 견디기가 힘들다.

무엇보다 미국에 살고 있는 딸의 성화를 이길 힘이 없다. 이제는 사위까지 합세해서 나를 감시한다. 엄마가 슈퍼마켓에 갈까 봐 식료품, 반조리식품, 간식까지 미국에서 원격으로 배달시키고 아침저녁 영상으로 나의 상태를 확인하는 애들에게 걱정을 안겨줄 수는 없다.

생각해보면 코로나를 이유로 건강 보호벽을 철통같이 쳐 놓고 뒤집힌 일상에 화를 내는 것도 마음을 비우지 못한 핑계인지 모른다.

아무튼, 난 오랜만에 고국에 온 내 친구 강자에게 많이 미안하다. 코로나가 아니었다면 반갑게 만나 그 옛날 추억을 떠올리면서 함께 늙어가는 우리를 확인하고 낄낄거리며 즐거웠을 텐데 쓸쓸하고 슬퍼진다.

생각 끝에 나는 그동안 그린 그림, '목련꽃과 홍여새'를 표구집에 맡기고 왔다. 기쁨, 사랑, 행복을 뜻한다는 내 그림을 선물하기로 마음을 정하고 나니 조금은 위로가 된다.

잡초

유난히 추웠던 겨울이 슬며시 물러나고 봄이 어김없이 우리 집 작은 정원에 머물러 내 발길을 붙든다. 나를 홀리게 하는 잡풀들이 삐죽삐죽 스멀스멀 언 땅을 헤집고 고개를 내미는 꼴이라니 우습고 대견해서 나도 모르게 환호하며 첫 봄맞이 행사를 치른다.

"어머, 어머, 얘네들 좀 봐. 너희들 어떻게 봄인 줄 아니?"

모락모락 연둣빛 김을 피우면서 모습을 드러내는 그 강인함, 추웠다 따뜻했다를 반복하는 변덕스런 봄날씨를 아랑곳하지 않고 볼품없던 희뿌연 땅을 연두 빛깔로 장식하는 그 은근함에 난 걔네들이 예쁘다. 주인이 버려둔 정원을 살려주는 선물인가. 암튼 난 그들을 맞이하는 데 인색하지 않다. 씨도 안 뿌리고 뿌리를 심지 않아도 찾아주니 반가워 그때부터 난 수

도꼭지에 매달린 호스를 들어 물도 주고 사랑도 준다. 그래선가 보랏빛 그라데이션을 띤 손톱만 한 꽃이 풀끝에 매달려 내 정성에 보답하듯 방긋방긋 웃고 있다. 이 또한 고맙지 아니한가. 뿌듯한 기분으로 오며가며 대화를 나누다 보니 하루하루 쑥쑥 잘도 자란다. 이름은 모르지만 자신의 존재감을 은근슬쩍 보여주는 그 재주가 보통이 아니다. 하지만 그 기간이 너무 짧은 게 흠이다.

　나의 소중한 백합, 플러스, 난초 싹이 모습을 드러내면 걔네들은 찬밥 신세가 된다. 성장 속도가 왜 그렇게 빠른지 꽃이 떨어지고 잎이 푸르러지면서 키가 훌쩍 크고 억세지면 그때부터 난 콩쥐 엄마가 되어 호미를 든다. 내 안에 숨어 있는 매정함이 언제 걔네들과 사랑을 주고받았나 싶게 마구 뽑아 자루에 담는다. 신기한 것이, 잡초가 꽃을 피울 때쯤엔 잘 뽑아지지 않던 그 힘이 제 할 일을 다하고 나면 쑥쑥 잘도 뽑아지는데 이것이 자연의 섭리인가 하여 경이롭다. 오늘 뽑아낸 잡초만도 무려 세 자루다. 3~4일은 더 호미 자루를 잡아야 할 것 같다.
　그동안 나는 잡초들과 나눈 사랑놀이를 동네 사람들에게 들킬까 봐 대문을 잘 열지 않았다. 그 놀랍고 즐거웠던 날들이 순간처럼 지나갔다. 이런 과정을 순리라고 하는 것인가. 서글프기도 하다. 아니 불쌍하다. 그렇게 무시당하고 미움을 받아도 묵묵히 인간에게 먹거리를 제공하고 때로는 약재로 우리의 건강을 지켜주기도 하는 것을 보면 부끄러운 생각이 든다.

어릴 적 논두렁을 걷다 보면 명아주라는 풀을 발견할 수 있었다. 많은 사람들이 그렇게 밟고 지나가도 끈질기게 살아남아 나물 캐러 나간 아낙네들의 바구니를 채워주기도 하고 만병통치 약으로 사용했다는 얘기를 들은 적이 있다. 잡초라는 말 다음에 붙는 제거, 방지, 박살이라는 부정적인 단어가 어쩐지 불합리하다.

내가 오십견으로 어깨가 뻐근하고 팔을 들 수 없을 때 우리 엄마가 달여주신 쇠뜨기 달인 물이 통증을 가라앉혀준 듯하여 그것도 사실 고마워하고 있다. 20여 종이나 된다는 잡초들을 일일이 열거하여 그 특징과 좋은 점을 펼쳐 보일 수는 없지만 더도 덜도 말고 잡초만큼이라도 누군가를 기쁘게 해줄 수 있다면 성공적인 삶이 아닐까.

아기 목련

새벽 4시. 잠이 깨자마자 습관처럼 부엌으로 나가 창문을 연다. '이게 뭐지?' 희뿌옇게 다가오는 아기 조막만 한 화이트 꼬마전구들, 마치 앤틱 샹들리에처럼 수십 개의 등이 매달려 스위치 올리기를 기다리는 듯하다. 며칠 전까지만 해도 아무것도 없었는데…. 눈여겨보니 이파리 없는 앙상한 나뭇가지에 터질 듯한 목련송이들이 조랑조랑 매달려 오동통한 자태를 드러내고 있다. 그 아름다움이 절정에 달해 가슴을 설레게 한다.

초라하고 보잘것없는 빈 집터 앙상한 나뭇가지에 아무도 돌보지 않아 마구잡이로 겨울나기를 했던 그 가지에서 이렇게 아름다운 생명체가 꿈틀거리고 있다니…. 웅크렸던 마음에 힘이 솟는다.

코로나 19로 집에 갇힌 지 어언 한 해가 넘었다. 아침마다 체크하는 딸의 잔소리가 무서워 아예 두문불출하다 보니 어느 새 시간이 그렇게 흘렀다. 처음 사회적 거리 두기에 충실하려고 시간표를 짜놓고 하루 보내기를 실천해보려 했지만 속박당하는 기분이 들어 내 맘대로 그때그때 하고 싶어지는 것만 하기로 했다. 어떤 날은 청소를, 또 어떤 날은 빨래를, 기분 내키면 강아지 목욕도 시키고, 털도 가위로 숭덩숭덩 잘라주고, 서랍 정리도 하고, 책도 읽고, 텔레비전 뉴스도 보고, 글도 쓰고, 그림도 그리고, 음악도 듣고…. 내 나름으로 합리적인 시간 보내기를 하려고 안간힘을 쓴다.

우리 집 강아지 엔돌핀은 멋도 모르고 주인의 손길, 눈길이 조금 다정해졌다고 느꼈는지 가위를 들고 있는 내 무릎에 납작 엎드려 숭덩숭덩 잘려나가는 가위질을 잘도 참는다. 미용실 한 번 다녀오면 5만 원 한 장 훅 날아가는데 볼품은 없어도 절약할 수 있으니 은근히 좋다. 아무렇게나 잘랐어도 내 눈에는 귀엽기만 하다.

"엄마, 힘들겠지만 조금만 참아. 그래야 살 수 있어. 지금 우리는 세균전쟁을 치르고 있는 거야. 개나리가 장미보다 아름답게 느껴지는 건 겨우내 잘 견디고 있다가 짠! 하고 건강하게 제 모습을 보여주기 때문이야. 깨알같이 솟고 있는 잡초의 싹이 감동을 주는 것도 같은 이유가 아닐까. 우리도 그렇게 견디자!"

"그래야겠지. 아무도 돌보지 않는 앙상한 목련 나무에도 꽃봉오리가 멋지게 매달리는데….”

“그래? 벌써 목련이 폈어?”

“우리 부엌 뒤 공터 있지, 거기 아기 목련이 폈어.”

“예쁘겠다. 그것 봐. 그 강인함을 우리가 배워야 해. 세균은 귀천도 빈부도 없고 상하도 국적도 없어. 세계가 이렇게 유기적으로 연결돼 있다는 것을 나도 이번에 깨닫고 있는 중이야. 힘들겠지만 조금만 견뎌. 엄마는 위험군에 들어 있는 노약자거든.”

철없는 엄마를 위해 폭풍 겁을 주면서 어느 이탈리아 할머니의 코로나 극복법, 어느 대구 할머니의 ‘냉장고 뒤져 음식 만들기’ 얘기, 엄마가 좋아할 만한 여러 장르의 영화 같은 것들을 시시때때로 보내주어 엄마의 탈출을 막아주니 이만하면 복 있는 노인이다. 그걸 알면서도 거역하고 싶은 이 심보는 뭐지? 공부하기 싫은 애를 공부방에 가두고 억지로 책을 떠안긴 꼴이다.

삶의 소중함을 깨닫게 하고 건강의 중요성, 사치품보다는 필수품의 소중함, 사소한 일상이 얼마나 고마운지를 절실히 느끼게 하는 수련기임을 머리로는 알면서도 가슴의 설렘이 아쉽다. 이 찬란한 3월을 넘기기가 왜 이렇게 어렵단 말인가. 쨍한 햇살의 손짓도 그렇고, 아기 목련의 몽실몽실한 그 느낌도 나를 가만두지 않는다. 빨래도, 청소도, 정리도, 독서도, 영화도 다 싫다. 오로지 밖에 나가고 싶을 뿐이다. 외출 준비 다 끝낸 세 살짜리 아기가 엄마의 만류로 기가 죽어 모자 쓰고 가방 멘 채 방 한쪽에 앉아 시무룩하게 놀이를 하고 있는 사진이 떠오른다. 지금 내 신세가 딱 그렇다. 사람의 본능은 아기나 어른이나 다를 게 없나보다.

국가에서 지정한 재난수칙을 어길까 봐 벌벌 떠는 딸의 애씀이 내 발목을 잡지만 어떻게 하면 탈출할 수 있을까만 연구하다 보니 기회가 왔다.

마스크 사러 외출할 수밖에 없는 그 찬스를 이용해보자는 속셈으로 외출 준비를 했다. 마스크 하나를 꺼내 귀에 걸어보니 이건 또 왜 이리 힘이 드는지, 귀에 걸면 떨어지고 다시 고쳐 걸어도 또 떨어지고 아무래도 나가지 말라는 신호인 듯해서 주저앉고 만다. 그래도 공식적인 외출 기회를 놓치기가 아까워 마스크를 다시 살펴본다. 끈이 헐렁한 것 같다. 양옆을 줄여보자. 바늘을 꺼내 양옆 끈을 1cm 정도씩 줄이니 좀 낫다. 그 다음은 안경을 써야 하는데 코 상단을 손으로 눌러 안경 밑으로 넣으라는데 그게 잘 안 된다. 그래야 안경에 김이 서리지 않는다는데 모든 것이 서투르고 낯설다.

아무튼 오랜만에 대문 밖을 나서니 살 것 같다. 햇살이 찬란해서 보석 같다.

이번에는 꽃시장, 완전히 다른 세계가 펼쳐진다. 어느새 팬지, 양귀비, 제라늄, 채송화, 각종 1년초 꽃은 물론, 상추 모종, 고추 모종, 쑥갓 모종, 각종 모종에서 선인장까지 혼을 뺏어간다.

전 세계가 몸살을 앓고 있는 이 시기에 다른 세상에 와 있다는 생각이 든다. '그래 바로 이거야!' 몸살을 앓다 죽어도 내게 필요한 것은 이런 숨통이야. 사람마다 다르겠지만 내가 살아가는 데 필요한 것은 값나가는 물질이 아니라 이런 생명수 한 모금이야. 이 생명수를 마셔야겠어.

난 값도 흥정하지 않고 손에 잡히는 대로 꼬마 화분들을 마구 담았다. 꽃집 주인도 빙그레 웃는다. 예년 같으면 제법 손님들이 붐빌 때인데 손님이라곤 나밖에 없다. 주인이 내 맘을 알아차렸는지 알아서 깎아주고 들기 좋게 포장해서 택시까지 잡아주어 집에까지 잘 왔다. 이것이 행복인 것을…. 오자마자 꽃밭에 나누어 심고 빨간 꽃송이가 달린 제라늄은 예년처럼 화분째 베란다 난간에 줄지어 놓았다. 살 것 같다. '내가 원하는 것이 바로 이건데….' 생명수를 한 모금 마셨더니 힘이 솟는다. 이제 희망의 엔딩을 기대하며 다시 둥지 안으로 들어가야겠다.

하얀 우비

우리 집에서 골목을 빠져나와 큰길로 접어들면 리어카에 빈 상자를 실은 노인들의 행렬이 제법 여럿이다. 왜 많은지 살펴 봤더니 아주 가까운 곳에 꽤 큰 고물상이 있고 그곳이 이분들 의 목적지임을 알게 됐다. 몇 년 전까지만 해도 할아버지 할머 니들만 눈에 띄더니 요즘은 젊은이들도 꽤 많다.

그분들의 짐수레를 눈여겨보면 제각각 그 모양이 다르다. 차곡차곡 벽돌 쌓듯 틈새 없이 빼곡하게 상자를 볼품 있게 쌓 아올린 수레도 있고, 뭔가 엉성하게 술렁술렁 담아 덜컹거리 며 가는 수레도 있다. 그 중에서 내 시선을 집중시키는 한 할 머니, 키와 몸집이 얼마나 작은지 리어카를 끄는 모습이 보이 지를 않는다. 걸음을 멈추고 그 할머니를 지켜보기를 몇 번, 난 그 할머니의 예쁜 모습에 정신줄을 놓았다. 한국 사람이 아닌 것 같다. 동그랗고 깊은 눈, 오똑한 코, 오물오물 예쁜 입, 완전 인형이다. 내 짐작으로는 러시아 여인 같다. 어떻게 한국 땅에 정착했는지 사연은 알 수 없지만 동동구리무(내가 어릴 적에 북을 치며 팔았던 영양크림)가 연상되는 러시아 할머니 같다. 어디에서부터 상자를 모아 왔는지는 모르지만 번번이 상자 높이가 고층 빌딩이다. 한번은 가던 걸음을 멈추고 리어카 뒤쪽에서 좀 밀어줄까 하고 머뭇거렸다가 혼이 났다.

"비켜요! 밀지 마요!"

난 기겁을 하고 뒷걸음질을 쳤다. 나이로 보아 팔십을 훨씬 넘긴 것 같은데 아무튼 접근하기가 무서운 노인이다. 하지만 그 할머니의 애잔한 모습이 항상 맘에 걸려 눈에 띄기만 하면 걸음을 멈추게 된다.

어느 여름 날, 비가 억수로 쏟아지던 그런 날이다. 할머니는 여전히 리어카에 매달려 비를 홀딱 맞고 쌓아올린 짐에 질질 끌려간다. 오는 이도 가는 이도 그 할머니에게 눈길 한번 주는 이가 없다. 나는 걸음을 멈추고 할머니를 살펴봤다. 비가 억수같이 쏟아지니 잠깐 멈추고 비를 피했으면 좋으련만 무슨 고집인지 리어카 끄는 데 열중이다. 비를 그렇게 맞으니 상자는 다 젖을 것이고 상자들이 젖을수록 무게가 더하여 끌기가 힘들 텐데 도무지 쉬려고 하지를 않는다. 얼씬거리지 말라는 소리가 무서워 섣불리 가까이 갈 수도 없는 노릇. 안타깝기만 하다.

그때다. 출근길인 듯 정류장을 향해 종종걸음을 걷던 한 아가씨가 걸음을 멈추더니 핸드백을 막 뒤진다. 비가 쏟아져 옷이 다 젖어도 뭔가를 찾기에 분주하다. 아가씨 등짝은 이미 다 젖어 살갗이 드러나고 머리카락도 흠뻑 젖어 축 늘어져 있다. 드디어 찾았는지 그녀의 손에 하얀 물건이 보인다. 뭔가 눈여겨 보니 우비다. 우비를 꺼낸 아가씨는 바람에 뒤집힐 것 같은 자기 우산은 아랑곳도 하지 않고 우비를 펼쳐 할머니의 머리에 씌워준다. 한 폭의 그림이다. 얼마나 아름다운지 좋은 영화를 한 편 보고 난 기분이다.

"그래, 세상은 살만 해!"

흐뭇한 맘으로 가볍게 가던 길을 걸으며 콧노래라도 부르고 싶다.

복지, 복지, 말로만 부풀리지 말고 이런 구석구석을 뒤져 그들의 아픔과 불편함을 어루만져주면 얼마나 좋을까.

아서 아서, 그만해

전철 안에서 화장하는 여성들을 가끔 본다. 볼썽사나워도 시간이 없어서려니 이해하고 흘낏 쳐다보고 마는 것이 예사인데 오늘은 맞은편에 앉은 젊은 여성의 화장이 하도 본격적이어서 읽으려고 꺼내든 책을 펼쳐보지도 않고 그 아가씨에게 시선을 고정하고 말았다. 책을 읽는 것보다 더 흥미로웠다. 오늘 따라 전철 안이 텅텅 비어 있어서 방해되는 것이 없다. 옆에 앉았으면 들켰을지도 모르겠지만, 내 시선의 레이저광이 닿지 않을 위치에 앉은 관계로 그 아가씨는 전혀 눈치를 채지 못하고 있는 듯하다.

건너편에 멀찍이 떨어져 앉은 나는 무심한 척 시선을 멈춘 채 그녀의 화장 모습을 빠짐없이 지켜봤다. 밑화장을 잘해서인지 그녀의 피부 톤이 금방 매끄러워지면서 꿀 피부로 변한다. 이제는 파운데이션과 분칠. 살색이 뽀얘진다. 손놀림이 경쾌하고 리듬감이 있어 신이 난다. 피부도 예쁘고 이목구비도 반듯하다. 눈도 쌍꺼풀이 뚜렷해서 보기 좋다.

피부 전체에 도배가 끝나자, 이번에는 볼에 볼그레한 색깔을 입힌다. 턱 밑에서 눈가 쪽으로 브러시를 움직이는데 얼마나 익숙한지 마술에 가깝다. 얼굴에 화색이 돌면서 생생하게 살아난다. 참 예쁘다. 여성들이 왜 그렇게 열심히 화장을 하는지 알 것 같다.

이번에는 가방을 뒤적거리더니 무슨 도구 같은 것을 꺼내는데 집게처럼 생겼다. 속눈썹 올려주는 기구인가 보다. 고개를 쳐들고 눈동자가 위로 향하게 한 후 속눈썹을 집게로 잡아 위로 끌어올린다. 그러더니 마스카라를 꺼내 열심히 바른다. 속눈썹이 길어지면서 눈이 또렷해진다. 윤곽이 살아나는 게 제법 매력적이다.

이제 눈썹을 그릴 차례인가 보다. 펜슬을 꺼내 아이라인을 그리는데 마스카라 칠한 눈썹을 헤치고 잘도 그린다. 아래 위를 실수 없이 그리려고 이만저만 정성을 드리는 게 아니다. 손거울의 각도를 이리저리 조절하면서 비뚤어질세라 찬찬히 붓놀림을 하는 게 예술의 경지다. 양쪽을 다 그린 후 어디서 꺼냈는지 큰 거울을 꺼내 자신의 모습을 이리저리 살펴본다. 뭔가 못마땅한 모양이다. 내가 보기엔 그 정도면 훌륭하고 처음보다 훨씬 돋보이는 게 어디를 가도 눈길을 끌 만한 외모인데 뭐가 그리 마음에 안 드는 걸까. 입술에 조금만 생기를 주면 나무랄 데 없는 화장인데….

그녀는 아쉬워하는 표정을 잠시 거두더니 다시 가방을 뒤적거려 여러 색깔이 섞여 있는 아이섀도 팔레트를 꺼내 든다. 그러더니 거울도 안 보고 이 색 저 색 손가락에 마구 묻혀 눈두덩에 펴바르는 모양새가 가관이다. 처음에는 푸르스름한 색이다가 금방 핑크색이 되고, 그러더니 보라색으로 떡칠을 하는데 뭔가에 홀린 것 같다. '저걸 왜 바르지?' 난 조바심이 난다. 그녀를 향한 눈길에 못마땅한 레이저광을 뿜어보지만 그녀는 전혀 눈치를 채지 못하고 있다. 눈두덩에 무슨 한이 맺혀서 저리도 손놀림을 거두지 못할까. 손가락이 움직일수록 그녀의 모습은 망가지고 있다. 언제 멈출지 모르겠다.

"그만!!" 하고 외치고 싶은 걸 참으려니 조바심이 난다. 눈두덩에 얼마큼 덧칠을 해야 손가락 붓을 멈출지 알 수가 없다. 나의 이런 조바심을 알 리가 없는 그녀의 미적 기준이 궁금해지기까지 한다.

"얘야. 이제 그만 문대고 큰 거울 좀 봐! 너 그 큰 거울 있잖아." 이렇게 말하고 싶은데 입도 뻥끗 못하고 내려버린 것이 못내 아쉽다.

그녀의 꿀 피부며 또렷하게 살아나던 이목구비가 감춰진 것이 안타깝다. 어디를 가는 길이었을까. 선보러 가는 길이었으면 완전 낙제다. 그녀의 본모습이 무너졌으니 어쩌지? 걱정이 된다.

이럴 때 내가 어떻게 해야 옳은 것인지 헷갈린다. 뺨을 맞아도 한마디 했어야 했을까. 그녀가 선보러 가는 길이었으면 분명 불합격이었을 텐데 그녀의 인생에 적신호가 켜질까 봐 걱정이 된다. 이것도 쓸데없는 노파심이겠지.

노인들의 간섭을 비판하면서도 나 역시 어쩔 수 없는 할머니가 되어 "아서 아서, 그만!!" 하고 외치고 싶었던 행위가 가소롭다. 젊은이들의 미적 기준을 뭘 안다고 주제넘은 걱정을 했는지 쑥스럽기도 하고 허전하기도 하다.

이유가 있었을 수도 있지 않은가. 공연을 앞둔 배우일 수도 있고, 무대에 오를 가수일 수도 있을 텐데 알지도 못하면서 조바심을 냈던 경솔함이 부끄러워진다.

고양이 소탕 작전

작년 겨울, 천장에서 고양이들의 뜀박질 소리가 들리더니 그 날부터 박박, 떼구르르, 쿵쿵 갖은 소리를 내며 운동회를 벌이는 바람에 난 하루에도 몇 번씩 천장을 향해 "조용히 해!" 하고 소리치는 게 일과가 되었다. 날씨가 차가우니 내쫓을 수는 없고 견디자니 그 소음이 짜증스러워 긴 막대기를 꺼내 들고 천장을 쿵쿵 치는 것으로 대응을 했다. 처음에는 겁이 났는지 가만히 있더니 잠시 후 다시 시작이다. 짐작이지만 소리의 강약으로 보아 일가족이 함께 살고 있는 것 같다.

봄 햇살이 따뜻해지자, 난 결심을 하고 고양이 퇴치 작전에 들어갔다. 우선 동사무소에 전화를 걸어 구원 요청을 했다.

"어쩌죠? 저희는 도와드릴 수가 없어요. 동네에 길고양이들이 하도 많아 일일이 처리할 수가 없거든요."

안 된다는데 어쩌랴. 이번에는 교환원을 거쳐 구청으로 연결했다.

"어쩌죠?" 똑같은 멘트가 흘러나온다. 이번에는 더 높은 기관을 찾아 도움을 청해보기로 하고 시청 콜센터로 SOS를 쳤다. 뜻밖의 반응이 내 걱정을 덜어준다.

"속상하시죠? 구하러 갈 수는 없고요, 고양이들이 싫어하는 것이 있으니 쫓아버리세요."

"어떻게 쫓아요?"

"고양이들은 신 것을 싫어하거든요. 분무기에 식초를 담아 뿌려보시든지 레몬을 썰어 넣어보세요."

"고마워요. 감사합니다."

인사를 몇 번이나 하면서 그 아가씨의 친절에 용기를 내어 소탕 작전을 개시했다. 그런데 그게 만만치 않은 작업이다.

우리 집 다락은 창고처럼 쓰는 공간으로 다락 문 앞에 컴퓨터 책상이 놓여 있고 그 책상 위로 올라서야 다락문을 열 수 있는데 책상 위까지 올라가기가 쉽지 않다. 노인 대열에 낀 지 이미 십여 년, 칠십 중반이 넘은 내가 어떻게 올라간단 말인가. 궁리 끝에 나는 얕은 의자와 높은 의자 두 개를 갖다 놓고 층계를 만들었다. 그 다음이 난코스다. 다락문을 열면 천장으로 연결된 문이 있는데 그 높이가 1m가 넘는다. 내가 혼자 하기에는 역부족이다. 그렇다고 누군가를 부르기는 신세스러워 싫고 어쩌지? 어쩌지? 하다가 다락 바닥 아래에 화분 받침대로 사용하는 통나무 의자를 갖다 놓고 그 위에 삼단짜리 사다리를 걸쳐 놓으니 다락 창문 열기가 가능할 것 같다. 사다리를 타고 그 문을 열어보니 거기가 아주 공설 운동장이다. 바닥에는 스티로폼이 깔려 있고 각목도 굴러다닌다. 그동안 그것을 굴리며 놀아서 그렇게 시끄러웠나 보다.

난 창문을 조금 열고 분무기에 희석한 식초를 넣고 발사했다. 문을 크게 열고 쏘아대면 화가 나서 덤벼들지도 모른다는 공포감이 몰려와 손 하나 겨우 들어갈 정도만 문을 열고 식초를 쏘아댔다. 그래선지 조용하다. '아! 효력이 있구나!' 감탄을 하고 있는데 이게 웬일! 며칠 후 다시 각목 굴리기가 절정에 이른다. 잘못하면 천장이 무너질 것 같다. 약이 오른 나는 레몬을 한 보시기 썰어 천장 공간에 던져 넣었다. 너희들이 이기는지 내가 이기는지 두고 보자는 심정으로 게임을 시작한 것이다. 요 녀석들, 나와 똑같은 마음인가 보다. 별거 아니라는 듯, 2~3일 후 다시 나타나 나를 놀린다. 이때부터 나는 뜀박질 소리가 나면 올라가서 식촛물을 뿌리고 레몬 던지기를 수십 번, 이 녀석들과 사투를 벌이는데 얘네들은 놀이하듯 용용 죽겠지를 계속한다. 지쳐서 넉아웃된 나와는 달리 나의 소탕 작전을 즐기고 있나 보다.

그런 놀이를 계속하던 어느 햇볕 좋은 날, 침실 창문 밖에서 '냐옹냐옹' 하는 아기 소리가 나길래 내다보니 우리 집 장독대 엎어 놓은 항아리 위에 웬 노란 점박이 고양이 한 마리가 누워 있고 그 배에 올라 탄 새끼가 젖을 빨면서 냐옹냐옹 소리를 내고 있다. '쟤네들이구나!' 눈여겨보고 있으니 어디서 나타났는지 덩치 큰 누렁이 한 마리가 그 옆을 어슬렁거린다. 그러고 잠시, 내가 한눈을 판 사이에 새끼가 안 보인다. 어미가 애타게 새끼를 찾아 헤매는데 그 모양새가 안타까움으로 절절하다. 항아리 밑으로 내려와 이 틈새 저 틈새를 살피기도 하고 담 밑을 내려다보며 냐옹냐옹 새끼를 애타게 부르기도 한다. 아비인 것 같은 덩치 큰 누렁이도 둔탁한 소리로 냐옹냐옹 하면서 아기를 부른다. 나는 한참을 지켜보고 있다가 지쳐서 창문을 닫아버렸다. 그날 밤은 조용했다.

다음 날 아침, 우연히 지붕을 올려다 본 나는 웃음이 터지고 말았다. 조막만 한 새끼 고양이가 그 높은 지붕 위에 앉아 아래를 내려다보고 있는 게 아닌가! 도대체 쟤가 어떻게 거기를 올라갔단 말인가.

"이리 내려 와!"

내가 손짓으로 불러도 꼼짝을 하지 않는다. 그때 어디서 나타났는지 어미가 장독대에 앉아 새끼를 올려다보고 있다. 이제 걱정하지 않아도 될 것 같다. 어미 눈에 띄었으니 구출은 따놓은 당상이고 내 맘이 문제다. 그동안 적으로 여겨 식촛물을 쏘아대고 레몬 던지기를 수없이 해댄 그 짓이 그들 가족에게 미안해지면서 사랑이 꿈틀댄다. 이제 소탕 작전은 막을 내려야겠다. 나도 외로우니 우리 더불어 살자.

내가 왜 이러지?

깜박깜박! 이제는 익숙한 단어라 입에 담기조차 쑥스럽다.

"나 요즘 잊어버리는 게 너무 많아!" 하면 여기저기서 "나도! 나도!" 하고 앞다투어 경험담들을 발표하는 후배들이 있어 머쓱해지기 일쑤다.

난 요즘 좀 심각하다. 나하고 우리 집 대문을 지키는 엔돌핀(강아지 이름)만 아는 비밀인데, 집 밖을 나갈 때면 하루에 두세 번 들락날락하는 게 보통이다. 엔돌핀은 아예 당연한 듯 무덤덤한 태도로 '저 할망구 또 왔네!' 하는 눈빛으로 쳐다본다. 노골적으로 날 무시하는 태도다.

아침 체조 가려고 새벽 6시에 현관문을 열 때 꼬리를 흔들어 반기는 첫인사 말고 두세 번 들락날락하는 내 꼴은 꽤나 보기 싫은가 보다. 이제는 제 집에서 나오지도 않고 '흥! 또 시작이군!' 비웃듯이 내 존재를 깔아뭉갠다.

　나의 망각 아이템은 주로 손수건, 안경, 모자, 메모장, 가벼운 책 1권, 볼펜, 열쇠, 립글로스, 스카프, 장갑, 파라솔, 휴지 같은 하찮은 것들이다. 이런 사소한 것들이 내 몸의 일부가 되어 없으면 불편하다. 그래서 내 가방은 항상 무겁고 빵빵하다. 계절마다 아이템이 좀 다르기는 하지만 이런 것들을 빠뜨렸을 때 참, 모자! 참, 안경! 참, 메모지! 참, 볼펜! 하면서 왔다 갔다 대문을 따는 내 꼴이 어이없나 보다. 그렇다고 외면까지 할 게 뭐람. 기분 나쁘고 창피하기까지 하다.

　어느 주일, '내가 왜 이러지~'를 수십 번 외며 절망감에 빠져 나 자신을 원망하고 나무라고 채찍을 가했던 기막힌 사건!

　주일 새벽 미사를 보기 위해 새벽 3시에 일어나 준비를 했다. 출근할 때는 10분이면 끝나던 움직임이 왜 이렇게 굼떠졌는지 설명하기 싫지만 내 혼자 생각으로 서두르지 말자고 맘먹은 담부터 나의 외출 준비 시간은 3시간이 기본인데 그날은 2시간 30분만에 끝내서였을까.

　새벽 3시. 무리 없이 일어나 욕실로 들어가 샤워를 하고 머리 감고 세수하고 양치질까지 하고 났더니 4시다. 머리카락에 영양제를 바르고 롤까지 말아놓으면 머리 세팅은 걱정 안 해도 된다. 수십 년 동안 해온 노하우가 있어 화장하는 동안 말려서 빗질만 하면 굿이다. 근데 문제는 옷 입기다. 몸에 살이

붙고부터 짜증이 나고 무얼 입어도 맘에 들지 않아 갈아입기를 두세 번, 뒤태를 보니 엉덩이는 왜 그리 큰지 불쑥 옆구리가 튀어나와 볼썽사납다. 그래서 내 딴에 몸매를 가려보려고 이것저것 입었다 벗었다를 거듭하다가 챙겨야 할 필수 소지품들을 까먹은 것 같다.

그날 난 망연자실해서 '내가 왜 이러지?'를 노랫말처럼 수십 번 되뇌었다. 6시 새벽 미사에 맞춰 5시 30분에 의기양양 집을 나서며 엔돌핀에게도 "잘 다녀올게." 하고 기분 좋게 나왔는데 찻길을 막 건너려는 순간, 미사책이 떠오른다. '어쩌지?' 잠깐 망설이는 것과 동시에 내 발길은 이미 집으로 향하고 있다. 급히 들어가 책을 챙겨 가방에 넣고 나와 대문에서 스무 발자국쯤 걸어갔을까. 이번에는 헌금 지갑을 놓고 온 것 같다. 가방을 뒤져보니 역시 없다. 두 번째 도돌이표가 된다. 이러다가는 미사에 늦을 것 같다. 5시 45분. 큰일났다. 허겁지겁 문을 따고 들어가 메모지, 볼펜, 손수건까지 모두 챙겨 넣고 뭐 잊어버린 게 없는지 한 번 더 살펴본 후 후다닥 집을 나선 것까지는 좋았는데, 성당 중간쯤 갔을까? 이번에는 핸드폰 도깨비가 내 목덜미를 잡는다. 잠시 멈칫! 시간을 보니 5시 55분이다. 핸드폰을 포기하고 뛰어가도 5분 정도는 지각이다. 근데 무엇보다 뛰어가는 것이 두렵고 무섭다. 헐레벌떡하는 내가 싫고 성급한 서두름을 누군가에게 보이는 것도 부끄럽다. 난 조용히 뒤돌아 집으로 향하면서 아니 집에까지 오면서 아무도 듣지 않게 '내가 왜 이러지?'를 중얼중얼…. 엔돌 핀 보기가 민망해서 문을 조용히 따고 얼른 실내로 들어와 옷을 벗으니 허망한 기분이 든다.

'정신 차려, 이 친구야!'

갑자기 가수 김수철의 노래가 생각난다.

> 모르겠네 정말 난 모르겠어
> 도대체 무슨 생각 하는지
> 여기 저기 거기 또 둘러봐도
> 아무런 것도 하나 없는데
> 왜 찾으려고 하니 왜 떠나려고 하니
> 자꾸 그럴수록 슬퍼져요
> 혼자 살아가야 하니까.
> 아, 여보게 정신 차려 이 친구야!

TV에서는 노인들이 물 만난 듯 수다를 떤다. 수명이 120세 라느니 인생 제 2막을 열었다느니 아니 지금부터가 인생의 황금기라느니 뻐기며 우쭐대는 그 노인들을 어떻게 받아들여야 할까? 문화센터나 복지관마다 쪼글쪼글 할매 할배들이 신바람 가면을 쓰고 춤도 추고 노래도 하고 외국어도 배우고 세계일주 계획도 세운다. 글쎄, 과연 내 또래 노년 동지들이 그 커리큘럼들을 막힘없이 멋들어지게 소화해낼 수 있을까?

노인석도 특권인가

가끔 지하철을 타면 노인석을 차지하고 앉은 할아버지, 할머니들을 본다. 몇 년 전만 해도 그들의 늙음만 보였지 다른 아무것도 눈에 들어오지 않더니 요즘은 그들의 살아온 흔적이 보이고, 인격이 보이고, 성격이 읽혀진다. 간혹 책을 읽고 있는 분들을 볼 때가 있는데 그런 분들에게서는 사고의 깊이와 삶의 폭이 느껴진다.

나도 이제 늙었나? 노인 대열의 일원임을 누가 알려주지 않아도 저절로 감지하게 되는 그 본능이 작동하면서 노인들을 살피는 것에 재미가 생겼다. 노인들의 얼굴에서 고집, 욕심, 아집, 까칠함이 보이면 짜증이 나고, 인자함, 아량, 이해심, 배려, 따뜻한 마음이 보이면 기분이 좋다.

지하철에서 일어난 일이다. 한 청년이 무거운 배낭을 바닥에 내려놓고 경로석에 앉아 꾸벅꾸벅 졸고 있다. 한낮이라 그 런지 일반석도 텅텅 비어 있고 전철 안이 휑하다. 정류장에 이 르자 전철 문이 열리고 웬 노인이 신문 뭉치를 들고 탄다. 그 러더니 곧바로 경로석을 향해 다가와 돌돌 만 신문지로 졸고 있는 청년의 어깨를 툭툭 친다. 놀란 청년이 벌떡 일어나 자 리를 피한다.

"요새 젊은 것들은 버릇이 없어. 여긴 노인석인데 저희들 이 왜 앉아!"

당당하게 권리를 주장하는 그 노인이 밉상으로 보인다. 창 피하다. 다른 좌석도 텅텅 비어 있는데 아무 데나 앉으면 되 지, 구태여 피곤해서 졸고 있는 청년을 깨워서까지 일으켜 세 울 게 뭐람…. 그런 외고집과 자기주장이 싫다. 그리고 밉다. 어떤 노인은 상대의 약점을 꼭 집어내어 창피를 준다.

"왜 그렇게 바지가 짧아? 볼기짝 다 나오겠네."

"가슴이 너무 파진 옷을 입어서 속이 다 보이네."

"머리는 저게 뭐야? 짚수세미 같아! 까치가 보면 알 까겠다."

"쟤 좀 봐, 구두가 높아서 걸음도 제대로 못 걷고 엉기적 대는 거…."

보는 것마다, 보이는 것마다 꼬투리를 잡아 큰 소리로 지 적하는 노인들을 보면 짜증이 난다. 자기는 젊어서 갖은 짓 다 했을 거면서 모범생처럼 떠벌이는 그런 잘난 체가 싫고 나도 그럴까 봐 겁이 난다. 나이 먹은 것이 벼슬인양 으스대는 노인들의 대열에 끼고 싶지 않다.

가끔 닮고 싶은 노인도 있다. 앞에 서 있는 젊은이의 가방을 인자한 시선으로 받아주는 할아버지, 자리 양보를 받으면 고마워서 어쩔 줄 몰라 하는 곱디 고운 할머니, 젊은이들의 피곤을 이해하고 위로해주는 노인들, 바빠서 쩔쩔매는 젊은이들의 생활을 가치 있게 여기면서 다독다독 등을 두드려줄 줄 아는 어른다움이 보기 좋다. 그러면서도 입성이 단정하고 정갈한 할아버지, 할머니…. 이런 분들과 친구가 되고 싶다.

나이가 들고 보니 젊어서보다 자기관리가 더 필요함을 느낀다. 세상과 단절되지 않으려면 수시로 자기 자신을 충전해야 하고 전력이 떨어지지 않게 콘센트를 항상 코드에 꽂아 전류가 흐르게 해야 한다. 그래야 젊은이들과 더불어 소통하면서 살 수 있지 않을까. 나이 들어서 가장 필요한 것은 권위가 아니고 따뜻함이다. 그 포근함과 사랑의 눈길이 노인의 덕목임을 알고 실천하기 위해 계으름을 피워서는 안 될 것 같다.

사람이 살아가는 데 필요한 것은 물질이 아니라 마음이라고 했다. 살다 보면 균형을 잃을 때도 있지만 그럴 때는 불평하지 말고 맞추기 위해 노력하자. 그것이 살아가는 법도가 아닐까.

나와 인생을 함께 했던 추억의 동기들, 지금은 노인이 되었을 그들, 이제는 모두 나이 칠십을 넘겼을 그 노인 중의 하나가 지금 졸고 있는 젊은이를 깨운 꼴통 할아버지가 아니었으면 좋겠다.

고양이 쟁탈전

화단에 물을 주고 있는데 어딘가에서 "냐옹!" 하는 소리가 들린다. 물을 뿌릴 때마다 냐옹냐옹 울음소리가 절절하다. 난 물 주기를 멈추고 가만히 있어 봤다. 잠잠하다. 그래서 또다시 뿌려봤다. 또 냐옹거린다. 철쭉 나무를 제치고 소리 난 쪽을 살펴보니 거기에 새끼 고양이가 숨어서 나를 바라보고 있다. 나는 나뭇가지 사이에 손을 넣어 새끼 고양이를 꺼내 안았다. 물에 젖어 촉촉하다.

"저런! 넌 누구니? 거긴 왜 들어갔어?"

난 방으로 데리고 들어가 마른 수건으로 물기를 닦아주고 살펴봤다. 요리조리 봐도 낯선 새끼 고양이다. 도대체 얜 누군데 우리 집으로 숨어들어 온 걸까.

'뭐지?' 의심을 품은 채 가축병원으로 달려가 주사 한 대

맞히고 먹을 거 사들고 돌아와 사랑 작전을 폈더니 요 녀석, 우유도 먹고 깡통 음식도 핥아먹는다. 다행이다. 마음이 놓여 놓아주고 있는데 지붕 공사를 해주러 온 아저씨가 질색을 하며 갖다 버리라고 손사래를 친다.

"동네 사람들이 알면 어쩌려고 그러세요? 이 댁에서 고양이를 기르시면 동네 고양이들이 다 몰려오고 새끼는 또 얼마나 자주 낳는지 아세요?"

"그럼 얘를 어떻게 해요?"

"그냥 두세요. 이따 내가 가져갈게요."

왠지 믿을 수가 없다. 이 아저씨에게 넘기면 분명 어딘가에 버릴 것이고 그렇게 되면 이 어린 게 어미도 못 찾고 굶어 죽을 게 뻔한 일, 죄를 짓는 것 같아 마음이 편치 않다. 궁리 끝에 난 아기 고양이를 예쁜 수건에 싸서 안고 먹을 거 챙겨 바구니에 담고 책 한 권 들고 소풍 가는 기분으로 동네 공원으로 나갔다. 이렇게 앉아 있으면 누군가 임자가 나타날 것이라는 기대를 갖고….

우선 강보에 싼 새끼 고양이를 햇볕 좋은 의자에 꺼내놨다. 요 녀석도 따뜻한 햇살이 좋은지 몸을 웅크리고 꾸벅꾸벅 존다. 아닌 게 아니라 잠시 후 아이들이 하나씩 몰려들기 시작,

"만져봐도 돼요?" 하면서 휴대폰을 꺼내 찰칵찰칵 셔터를 누르고 고사리 같은 손들이 번갈아가며 고양이 머리를 쓰다듬는다. 아기 고양이는 잠간 사이에 스타가 되어 아이들의 사랑

안에서 귀한 존재가 되고 만다. 그중 초등학교 3학년쯤 되는 곱상한 사내아이가 유독 고양이에게 애정을 쏟는다.

"할머니, 얘 저 주시면 안 돼요? 키우고 싶은데…."

"글쎄 엄마 아빠가 찬성하실까?"

"괜찮을 거예요. 엄마도 고양이 예뻐하세요."

"여쭤보고 허락하시면 데려가! 이름이 뭐지?"

"태양이요. 임태양!"

태양이가 엄마에게 전화를 건다. 저쪽에서 들려온 목소리, "안 돼!"라는 소리가 내 귀에까지 들린다.

"거 봐, 안 된다고 하시지. 엄마 아빠가 반대하면 나도 안 돼."

포기한 태양이가 미련이 남아 그 자리를 뜨지 못한다. 그 사이를 틈타 태양이보다 조금 큰 소녀가 손을 내민다.

"나도 키우고 싶은데 우리 오빠가 구박할까 봐…."

"오빠가 고양이를 싫어하나 보지?"

"오빠가 군대 갔다 왔는데 신경질을 잘 부려요."

"그럼 안 되겠네. 애쓰지 마. 좋은 임자가 나타나기를 기다려보자."

"내가 꼭 키우고 싶어요."

"그럼 이렇게 하자. 너희들이 잘 데리고 노는 것을 보니 안심이 되니까 나는 집에 가 있을게. 놀다가 키우겠다는 사람이 없으면 우리 집으로 다시 데려 와. 우리 집은 저 골목 안쪽에 있는 개인주택이야."

난 아이들에게 고양이를 맡기고 집으로 돌아왔다. 몇 시간이나 흘렀을까. 날이 어둑어둑해질 무렵, 벨소리가 나서 나가보니 태양이와 5학년짜리 소녀다.

"고양이는?"

손에 아무것도 없는 것을 보고 놀라서 물으니 침울한 목소리로 "오빠들에게 뺏겼어요." 하면서 울먹거린다.

"어쩌다 뺏겼어?"

"6학년 오빠들이 가위 바위 보를 해서 이기는 쪽이 기르자고 했는데 우리가 졌어요."

"저런! 근데 너희들 엄마 아빠도 안 된다고 했잖아."

"아니에요. 나중에 아빠가 공원에 와서 보더니 키워도 된다고 했어요."

태양이가 아쉬워서 분한 얼굴이다.

"근데 왜 안 데려갔어?"

"조금 더 놀다가 데려가려고 했죠."

태양이가 거의 울상이 되어 투덜거린다.

"그럼 네 거라고 하지."

"길고양이가 주인이 어디 있냐면서 가위 바위 보를 하쟀어요."

"그럼 내가 좀 도와줄까. 그 오빠들 전화번호 대봐. 할머니가 뺏어줄게."

"전화번호 몰라요."

난감하다. 이럴 때 상처 입은 아이들에게 어떻게 해줘야 할지 안쓰러울 뿐이다. 갖다 버리라고 호통을 치던 어른들의 잔인함과 고양이를 뺏겨서 안타까워하는 순진무구한 아이들의 따뜻한 마음이 비교되면서 과연 나는 어느 편일까 잠시 내 맘을 들여다본다.

공포의 숫자 95

7~8년 잘 돌아가던 보일러가 언젠가부터 종일 틀어놔도 실내 공기가 따뜻해지지 않고 거실과 방에 가스난로, 전기난로를 켜놓아야 겨우 냉기를 잡을 수 있었다. 결국 '거꾸로 타는'이라는 광고 문구에 마음이 움직여 초겨울이 접어들기 전에 보일러 교체를 신청했다. 한달음에 달려온 그들은 우리 집 보일러를 점검해보더니 "보일러가 많이 삭았네요. 그러니까 추우셨죠." 하면서 교체를 종용했다. '65만 원'이라는 비용이 적은 것이 아니었지만 겨울을 춥지 않게 살겠다는 마음으로 결단을 내렸다. 몇 시간이나 흘렀을까? 다 됐다고 하면서 직원이 사인을 청하며 책 한 권을 주고 갔다.

"이제부터 후끈후끈하게 지내실 수 있을 거예요."

사람 말을 잘 믿는 나는 그의 한마디에 벌써부터 온몸이 녹

진녹진, 기분이 좋아져서 '진작 바꿀걸' 하며 딸과 함께 신나 했다. 방바닥이 따끈따끈, 실내가 후끈후끈, 행복한 겨울을 맞을 수 있게 된 것이다. 그렇게 흐뭇해하고 있는데 한 2주일쯤 지났을까? 안방 계기판에 깜빡깜빡 빨간 불이 켜지더니 '95'라는 숫자가 뜨고 '점검'이라는 글자가 나를 향해 노려본다. 내가 뭐 잘못했나 싶어 주눅이 든 목소리로 보일러 청년에게 전화를 했다. 전화한 지 10분도 안 돼서 달려온 AS맨, 어떻게 했는지 2~3분도 안 돼서 지하실에서 튀어나왔고, 안방 벽에 걸려 있는 보일러 계기판이 '정상' 가동으로 반짝였다. 항상 느끼는 것이지만 나는 고장 난 것을 고치는 사람이 제일 존경스럽다. 그래서 가끔 컴퓨터를 고치러 오는 청년이나 정수기, 비데를 청소하러 오는 AS맨들에게 진심을 다해 차를 대접한다.

그런데 이게 웬일? 일주일쯤 후, 또 계기판이 깜빡깜박하더니 '95'라는 숫자가 또 나를 향해 다가온다. 그러기를 수십 번…. 부르면 오고, 부르면 오고…. 그 짓을 거듭하면서 그해 겨울이 지나갔다. 다음 겨울이 접어들자 '95'라는 숫자에 노예가 된 나는 아침이면 보일러 계기판 살피는 것이 일상이 되었다. 올해는 AS맨 부를 일이 없어야 할 텐데 한 걱정을 하면서 겨울을 맞았는데 아니나 다를까, 계기판의 '95'는 잊지도 않고 찾아와 나를 놀린다. 그것도 일주일에 한 번이 아니고 매일매일이다. 이제는 전화 걸기도 미안해서 완전 죄인이 되고 말았다. 분명 내가 뭔가를 잘못해서 그런 것만 같다. 미안해서 전화 걸기도 주저된다. 근데 이번에는 여직원이 전화를 받더니 내게 조근조근 설명을 해준다.

"지금 계기판을 보세요. 뭐라고 떴는지."

"95라는 숫자가 떴네요."

"그건 물 보충을 하라는 숫자거든요. 보일러실에 가서서 저희가 드리고 간 책자에 쓰인 대로 해보세요."

"보일러실에 내려가라고요?"

난 황당해서 멘붕 상태가 되고 만다. 보일러실에 내려가라니, 이게 웬 해괴망칙한 명령인가. 기계치이기도 하지만 겁이 많은 나를 보고 보일러를 만지라니 말도 안 된다. 우리 집 보일러는 마당 정원을 돌아 유리문을 열고 들어가 한 층 내려가는 지하실에 설치되어 있다. 그런데 나는 지금까지 한 번도 그곳에 들어가 본 적이 없다. 이사 온 지 벌써 25년. 그동안 집안 구석구석 크고 작은 집안일들을 아버지께서 관리해오셨기 때문에 구태여 내가 보일러실에 내려갈 필요가 없기도 했지만 그곳은 내가 들어갈 곳이 아닌 금지구역이라는 의식이 내 뇌에 꽉 박혀 있어 아버지가 가신 후에도 들여다보지도 않고 뭐든지 전문가들이 할 일이라고 여겨 보일러 기계를 바꿀 때도 거실에 앉아 사인만 했었다. 그런데 이제 꼼짝없이 내가 할 수밖에 없는 처지가 됐으니 어쩌지? "부딪히면 다 해." 평상시에 우리 엄마가 늘 하시던 말씀이다.

나는 보일러 책자를 꺼내놓고 공부를 하기 시작했다. 보일러 기계 밑을 보면 밸브가 있는데 그 밸브를 왼쪽으로 살짝 움직이면 바늘이 움직이기 시작, 바늘이 숫자 1과 2 사이에 놓일 때 다시 밸브를 오른쪽으로 틀어 고정하면 물 보충이 된다는 설명이다. 과연 내가 할 수 있을까?

용기를 내어 지하실로 내려갔다. 이사 오고 처음 내려가 보는 지하실이다. 깜깜했으나 벽에 있는 스위치를 올리니 환하다. 온통 낯설지만 나 아니면 할 수 없다는 현실이 나를 꼼짝 못하게 한다. 정말 부딪히니 안 할 수가 없다. 책자에 쓰인 대로 살살 손을 기계 밑에 밀어 넣고 밸브를 움직여봤다. 기계치인 내가 했는데도 밸브가 움직인다. 그와 동시에 바늘이 움직이면서 숫자 1에 도달하니 갑자기 기계가 부웅하면서 살아있음을 알리더니 밖으로 연결된 연통에서 연기가 마구 뿜어나온다. 보일러가 가동하고 있다는 신호인가 보다. 휴! 안도의 숨을 쉬며 거실로 올라와서 계기판을 보니 '정상 작동'이라는 글자가 뜨고 보일러 돌아가는 불이 켜져 있다.

신기하다. 이제 AS맨을 부르지 않아도 된다. 아니, 그 청년들에게 미안하다는 생각을 하지 않아도 된다는 것이 더 기분 좋다. 그래서 그날부터 나의 겨울 일거리가 하나 보태졌다. '95'라는 숫자만 뜨면 내려가서 보일러 밑을 더듬는 일을 겨우내 했다. 영하 10도 아래로 기온이 떨어지는 날은 고역이다. 외투 입고, 모자 쓰고, 장갑 끼고 외출 준비를 단단히 한 후 현관 문을 나가야 지하실에 내려갈 수 있으니 보통 작업이 아니다. 그것도 밤 12시건, 새벽 2~3시건 시도 때도 없이 나타나는 '95'라는 공포의 숫자가 나를 꼼짝 못하게 하면서 1년을 또 넘겼다.

다음 해가 됐다. 겨울이 오면서 그 공포의 '95'를 감당해야 한다는 것이 끔찍해서 큰 맘 먹고 초가을부터 서둘러 보일러 전문업체를 불렀다. 보일러를 이리저리 살펴보더니 보일러에는 이상이 없는 것 같은데 어딘가에서 누수가 되는 것 같다면서 누수검사를 해봐야 알겠단다. 그러더니 알 수 없는 기계를 집 안 곳곳에 대고 누수되는 곳을 찾기 시작했다. 결과는 누수는 없다는 것이다. 그 대가로 10만 원을 요구, 지갑을 열 수밖에. 그렇다면 뭐지? 다시 보일러 AS맨에게 의지하는 사태가 벌어졌다.

키가 훌쩍 큰 인상 좋은 청년이 왔다. 자초지종을 얘기했더니 보일러실로 내려가 무엇을 만졌는지 다시 정상 가동이 된다. 그런데 12시간도 안 돼서 또 '95'가 뜬다. 내게 주고 간 그 청년의 명함을 꺼내 전화를 했다. 금방 달려왔다. 살펴보더니 '순환펌프'라는 부속품을 갈아야 한단다. 갈기로 했다. 9만 5천 원이란다. 갈고 간 지 하루만에 공포의 '95'가 또 반짝거린다. 또 전화를 했다. 이번에는 고개를 갸우뚱하더니 배수관에 문제가 있는 것 같다면서 배수관 청소를 하고 녹물과 에어를 다 빼내야 한단다. 그 작업은 자기들이 하는 것이 아니고 보수 전문업체에 의뢰해야 한단다. 할 수 없이 보일러 수리 전문업체를 불렀다. 와서 살펴보더니 수도배관 교체 및 분배기 교체를 해야 된다고 공사 내역을 설명했다.

의뢰를 했다. 비용은 무려 50만 원. 아깝고 살 떨렸지만 고쳐야 한다는 일념으로 지불하고 공사를 시작했다. 이번에야 완벽하겠지, 마음을 놓고 있는데 '어머나, 이를 어째!' 그 반갑지 않은 95가 또 찾아왔다. '으악!' 고함을 지르며 보일러업체와 AS맨 양쪽을 불러 모았다. 놀라서 달려온 그들은 도무지 모르겠다면서 머리를 긁적인다. 그러더니 보일러 전문업체가 먼저 보일러실에 들어가 살펴보기를 몇십 분, 어딘가에 전화를 건다. "뭐라고? 질소통?" 하더니 AS 청년에게 "질소통을 한번 보시죠." 한다. 그 말을 듣고 AS 청년이 내려가 보더니 질소통과 애어밴드를 갈아야겠단다. 12만 원이란다.

그때부터 슬슬 화가 나기 시작, 하지만 참고 또 갈기로 했다. '이제는 완벽하겠지, 설마….'라고 마음을 놓을 새를 주지도 않고 95가 또 아귀처럼 달려든다. 그래서 내려가 보니 이번에는 지하실 바닥이 질펀하다. 어디서 물이 샜는지 받쳐놓은 대야에 물이 넘치고 뚝뚝 물 떨어지는 소리가 신경줄을 건드린다. 이번에는 진짜 약이 올라 볼멘 소리로 다급하게 AS를 불렀다. 어이가 없는지 청년도 보일러를 다 끄고 여기저기 다 살펴보더니 이번에는 온수통이 샌다는 것이다. 그 비용은 21만 5천 원이란다. 이번에는 참을 수가 없어 칼칼한 내 성격을 드러내고 말았다. 그리고 차근차근 따졌다.

"뭐예요? 이럴 바에는 보일러를 아예 다시 교체하는 게 낫지, 전문가인 당신들이 잘못 진단해서 벌써 비용이 얼마가 들었는지 아세요?"

순하게만 보이던 내가 단호해지자, AS맨은 어쩔 줄을 몰라 한다.

"지금까지 당신들은 '95'의 이유를 알아내지 못하고 있는 거예요. 이제는 더 이상 시키는 대로 할 수 없을 것 같아요. 이 보일러를 설치한 지 만 3년인데요, 보일러의 수명이 몇 년이죠?"

"보통 6~7년은 가지요."

"그렇다면 내가 직접 보일러 회사 사장을 찾아가든지, 높은 사람에게 항의서를 쓰겠어요. 본사 전화번호나 연락처를 주세요."

AS 청년은 바로 상담실 전화번호를 알려준다.

나는 지체하지 않고 상담실에 전화해서 지금까지의 내용을 차근차근 신고했다. 그리고 끝마디에 "만일 이 내용이 결정권자에게 상달되지 않으면 본사로 직접 찾아가겠어요."라고 엄포를 놨다.

전화를 끊고 한 10분이나 지났을까? 점잖은 남자의 목소리가 전화기를 통해 들려온다.

"고객님! 죄송하게 됐습니다. 곧 찾아뵙겠습니다."

2시간쯤 후 보일러 본사라고 하면서 대문을 두드린다. 문을 열어주니 건장한 청년 둘이 지하실로 들어가 한동안 덜컹거리더니 온수통을 갈았다면서 돈도 받지 않고 횡~ 가버린다. 그때부터 우리 집 보일러는 '95'가 뜨지 않고 잘 돌아간다. 원흉이 '온수통'이었음을 비로소 알게 됐다. 21만 5천 원이면 해결할 수 있었던 사건을 무려 70만 원 이상을 들이면서도 마음고생, 몸고생을 했다고 생각하니 약이 올랐다. 괘씸하게 생각하고 있는데 AS 청년에게서 전화가 왔다.

"곧 찾아뵐게요."

"그래요?"

뜻밖의 방문 요청에 의아해하고 있는데 청년이 바로 찾아왔다.

"죄송합니다. 제가 원인을 제대로 찾아냈어야 했는데 우왕좌왕해서…."

청년의 진심어린 사과에 갑자기 맥이 풀리면서 인자한 할머니가 되어 청년을 위로하고 차를 대접했다. 실수 투성이었지만 자신의 잘못을 솔직하게 털어놓고 사과할 줄 아는 그 마음이 기특해서다.

겨울나기 부동액

언제부턴가 가장 큰 공포가 '춥다'는 일기예보다.

"엄마, 오늘 영하래." 하면 외출 금지다. 보일러도 확확 돌리고 난로도 하루 종일 빨간 불꽃을 내뿜게 하는데도 추위 때문에 벌벌 떤다. '내가 왜 이렇게 됐지.' 볼이 갈라지는 추위를 즐겼던 나는 이제 없다. 눈이 오면 무턱대고 뛰어나가 선배, 후배를 찾아가서 따끈한 커피를 즐겼던 20대가 새삼 그립다. 겨울이 좋아 추억 만들기를 주로 겨울에 했던 시절, 추위는 적이 아니고 친구였다.

한 해가 저무는 길목에 서서 시간의 흐름, 세월의 흔적, 자연의 순리에 엄숙해진 나는 숙연한 맘으로 그 옛날 추위와 맞서 이겨냈던 추억 하나를 타임캡슐에서 꺼내본다.

내가 고등학교 3학년이었으니까 1960년이었겠지. 대학입

시 원서를 제출하려고 친구와 같이 담임선생님 댁을 찾아가는데 얼마나 추웠는지 입도 못 열고 아현동 언덕배기를 올라갔던 것 같다. 말을 하면 입 안으로 추위가 들어가 입 안의 침이 얼어서 나올 것 같고 뺨이 쪼개지는 것 같은 아픔이 핏줄을 끊어놓을 것 같은 바람. 그날 기온이 영하 18도라는 것을 아직도 기억하고 있다. 그래도 우리는 행복했다.

물어물어 찾아간 선생님 댁은 어느 한옥집의 문간방이었다. 방문을 열고 나온 사모님은 새댁 같은데 수수한 차림에 지성미가 있어 보였다. 선생님은 안 계시고 추위에 떨고 있는 우리를 들어오라고 하는데 방 안에 연탄난로가 있고 벽을 가로질러 줄이 매어 있는데 기저귀가 걸려 있는 것이 왜 그리 낯선지 어수선한 맘으로 무릎을 꿇고 앉아 선생님을 기다렸다. 그러고 보니 아랫목에 아기가 색색 잠들어 있고 널어놓은 기저귀로 보아 선생님은 신혼이었던 것 같다. 그럼 우리 담임 선생님은 새신랑이었을 텐데 왜 그리 꾀죄죄하고 무서웠을까. 하루도 학생들을 때리지 않는 날이 없었다. 무슨 불만이 그리 많은지 매일 소리를 지르며 화를 냈다. 우리들은 선생님이 그러든지 말든지 옹기종기 모여 앉아 흉잡아 떠들어대는 것으로 스트레스를 풀었다. 선생님 바지 밑으로 잠옷이 삐져나왔다는 둥, 세수도 안 하고 나온 것 같다는 둥, 결혼이나 했는지 모르겠다는 둥, 가지가지 흉을 보다가 누군가가 사모님이 일류대 가정학과 출신이라는 정보를 알렸다. 그 사모님을 오늘 만

난 것이다. 그런데 이게 웬일, 사모님께서 사과와 과도를 들고 오시더니 신문지 한 장을 방바닥에 펴고 그 위에 사과를 깎아 놓고 우리보고 먹으라고 한다. 친구와 나는 움찔했지만 깎아 주는데 안 먹을 수도 없어 찍소리 못 하고 받아 먹은 것 같다.

원서 쓴 것을 놓고 나오면서 우리는 추운 것도 잊고 선생 님과 사모님 얘기를 신나게 하며 깔깔거렸던 거 같다. 그 기억 이 왜 이렇게 아름다울까?

그날 추위를 생각하면 요즘 추위는 추위도 아니다. 영하 10도만 되면 무슨 지옥불이라도 되는 듯 호들갑을 떨지만 그 시절 추위를 이겨냈던 우리 세대는 요즘 추위에 콧방귀를 뀐 다. 그리고 지금은 방한이 잘된 옷과 털이 폭신한 신발이 흔하 고 흔하다. 그 시절엔 솜바지, 털장갑이 고작이고 좀 있는 집 아이들이나 낙타지라는 모직으로 코트를 만들어 입었다. 나 는 그래도 재주 좋은 엄마가 떠준 털바지도 입었고, 스웨터, 장갑, 모자도 털실로 뜬 것을 입고 겨울나기를 했다. 그런 추 위도 견뎠는데 요즘 추위에 벌벌 떠는 내가 가소롭다. 아무튼 견디자. 그래서 다음 봄을 근사하게 맞이하자. 그러기 위해 책 도 읽고 글도 쓰고 여행도 하고…. 그래야 10년 후, 나를 풍요 롭게 할 수 있는 부동액이 충분히 모아지지 않을까?

청개구리는 겨울 동안 죽은 듯이 풀숲에 엎드려 언 상태로 견디다가도 봄이 되면 소생한다고 한다. 소나무, 대나무, 매화 나무는 혹한에 휘둘리고 쌓이는 흰눈 무게에 허리 굽혀 힘겹

게 버티다가 봄을 맞는다고 한다. 겨울이 깊으면 봄도 머지않다 했으니 겨울을 겁내지 말고 맞이해야겠다.

생태계의 모든 동물과 풀, 나무, 미물들도 한겨울을 나기 위해 꺼끌꺼끌한 껍질 안에 부동액이 될 수 있는 물질을 비축했다가 겨울나기에 생명수로 쓰기도 하고 땅속 깊이 숨어들어 숨쉬기를 계속한다는데 준비 없이 동면만 하면서 봄을 기다리는 것은 직무유기다.

올 겨울은 나를 재정비하는 해로 정하자. 밖으로 나가 겨울을 내 것으로 안아보자. 그러기 위해서는 나를 좀 더 단련시킬 필요가 있다. 올 겨울은 눈도 많이 온다는데 '겨울을 멋지게 보내는 법'을 배워야겠다. 그렇게 내 안에 부동액 비축을 넉넉하게 해놔야 새로운 도약의 힘받이가 되지 않을까. 제철 시금치가 맛있을 때니 시금치 된장국을 끓여야겠다. 겨울 보양식으로 이만하면 되지 않을까. 생명수, 겨울나기 부동액이 바로 이거지…. 난 만족감을 느끼며 읽다 만 책을 집어든다.

2장
딸 바보

세상의 모든 부모가 '자식 바보'라지만
우리 모녀가 겪은 크고 작은 일상은
왜 그리 특별한 것 같을까?
쿡쿡 웃음이 나오기도 하고 짠하기도 하다.
가정의 화목을 우선으로 했던 부모님의 사랑을
배불리 먹고 산 우리 모녀,
새록새록 생각나서 기억에서 꺼내본다.
감사해서 가슴이 먹먹하다.

나는 영원한 3위

궁합이 척척 맞는 할머니와 손녀딸. 바로 우리 어머니와 내 딸의 관계다. 그들은 '아!' 하면 '어!' 하면서 손바닥을 부딪친다. 손녀딸의 학교 스케줄을 좌악 꿰고 있는 우리 어머니는 이역만리 떨어져 있어도 손녀딸의 현재를 훤히 내다보고 있다. 딸소식이 궁금하면 나는 어머니에게 묻는다. 그러면 어머니는 마치 손녀딸이 옆에 있는 것처럼 소상하게 소식을 알려준다.

"지금 수업시간이야. 요즘 졸업작품 하느라고 바빠! 어제도 밤새웠대."

이런 얘기를 막힘 없이 풀어놓는 어머니에게 나는 번번이 제삼자가 되고 만다. 딸에게 전화를 하려면 나는 꼭 수첩을 꺼내 들고 번호를 하나씩 누르지만 구순에 가까운 노령의 우리 어머니는 손녀딸의 그 긴 전화번호를 아무것도 보지 않고 꾹 꾹 눌러 통화를 하신다.

한 번은 뉴욕에 있는 딸이 흥분해서 나에게 전화를 걸어왔다.

"엄마, 할머니 진짜 대단하셔! 할머니가 하라는 대로 해서 모든 문제가 해결됐어."

"뭔데?"

"학교에서 졸업작품으로 우리에게 공간 배당을 해준 거야. 하필 나에게 배당된 공간이 제일 넓어서 걱정이 됐거든. 그래서 할머니한테 말했더니 할머니가 뭐랬는 줄 알아? 바닥에 뭔가를 깔라는 거야. 그래서 재료상으로 달려가 까만 포대조각 같은 것을 사서 깔았지. 그랬더니 공간이 조성되면서 아이디어가 막 떠올라 쉽게 완성했어."

우리 어머니는 그런 분이다. 손녀딸 일이라면 함께 고민하고 함께 풀어나간다. 대학 입학할 때도 에피소드가 있다. 면접 과제가 작품을 하나씩 완성해서 그 작품 설명을 하면서 교수님들의 질문에 답변하는 것이었다. 딸은 그림을 다 그리고 나서 할머니에게 보여드렸다.

"할머니, 어때? 그런데 여기 생선 뼈 하나를 붙이면 좋겠지?"

지나가는 말이었지만 손녀딸의 말을 그냥 넘길 우리 어머니가 아니다. 이미 머릿속에는 작전이 세워졌던 것이다.

다음 날 아침 눈을 뜬 딸은 "짱! 짱! 짱!"을 외치며 할머니를 부둥켜안고 뽀뽀를 하고 난리다. 말끔히 살을 발라낸 생선 뼈 하나가 가시 하나 흐트러짐 없이 탁자 위에 예쁘게 올려져 있는 것이 아닌가.

"이거 어떻게 하셨어요?"

나도 놀라고, 아버지도 놀라서 어리둥절했다.

어머니는 생선 한 마리를 찜통에 쪄서 살을 살살 발라낸 다음 그 뼈를 밤새 난로 위에 올려놓고 은근한 불에서 타지 않게 말렸던 것이다.

"우리 엄마 예술가네!"

나는 죄송한 맘을 그렇게 얼버무렸다.

손녀딸의 예술세계에 동참하여 보조를 맞추고 그 세계를 공유할 수 있는 우리 어머니. 그래서인지 딸은 그런 할머니를 늘 가슴에 품고 산다. 지금도 수호신처럼 섬기고 받드는 내 딸을 보면 왠지 짠하다.

아기 때부터 무슨 일만 있으면 할머니를 찾았던 내 딸. 할머니를 해결사로 여겨서인지 내 존재는 절실하지 않았다. 우리 어머니 역시 손녀딸에 대한 독점욕이 강해서 나에게 어미로서의 역할과 기회를 주지 않았다. 애한테 입히는 옷도 할머니의 차지였다.

한번은 올리브그린 색의 레이스 원피스가 너무 예뻐서 값이 좀 나갔지만 유치원 갈 때 입히려고 사 온 적이 있다. 그런데 쇼핑백에서 꺼내기도 전에 어머니가 "색깔이…." 하는 바람에 아이가 "안 입어!"라고 해 섭섭해서 울었던 생각이 난다.

내 딸은 무조건 할머니 편이다. 옷도 할머니가 예쁘다고 해야 입는다. 그래서 유학을 보내겠다고 마음을 정했을 때 우리 어머니가 제일 걱정이었다. 분신이었던 손녀딸과 떨어져서 과연 살 수 있을까? 우리 어머니에게 너무 잔인한 일을 하는 게 아닌가? 걱정이 많이 됐다. 그런데 웬걸, 둘이는 쿵짝이 잘 맞아서인지 살아가는 방법을 곧 터득했고, 나름으로 둘만의 룰을 만들어 함께 호흡하며 잘도 견뎌냈다. 얼굴에 여드름 하나 솟은 것까지 보고하는 내 딸도 그렇지만 손녀딸의 일거수일투족을 체크, 당신이 해줄 수 있는 것은 뭐든지 다 해주는 그 할머니의 마음은 태평양도 훌쩍 뛰어넘는 신기함이 있었다.

떨어져 있는 8년 동안 둘은 늘 함께였고, 호흡을 척척 맞추면서 서로를 격려하고 충고하고 파이팅을 외쳤다. 그 힘으로 내 딸은 어려운 공부를 무사히 마치고 돌아왔는데 지금 할머니가 안 계시다. 할머니 별세를 숨기려고 전전긍긍하던 사건도, 3일 뒤 알고 근 석 달을 엉엉 울면서 길거리를 방황했다는 딸의 얘기도 내게는 가슴 저린다.

우리 가족의 중심이었고 연결고리였던 우리 어머니. 우리 어머니의 본능적인 사랑이 우리 가족의 생명수였음을 새삼 느끼고 있다. 지금도 할머니 얘기를 할 때 제일 행복해하는 내 딸. 자존감이 마구 솟는지 내 앞에서 뻐기는 것 같다. 나 역시 우리 어머니 얘기를 할 때가 신이 난다. 내 딸과 나는 이렇게 우리 어머니의 무한한 사랑을 야금야금 먹으면서 살고 있다.

"엄마! 당신은 어찌하여 당신이 그렇게 다 소진될 때까지 우리 가족을 위해 그 많은 사랑을 마구마구 쏟으셨습니까? 지금도 우리 모녀는 당신의 사랑을 받아 먹고 살고 있답니다."

어머니가 가신 지 어언 12년, 세월이 그렇게 흘렀어도 내 딸에게는 할머니가 1위, 할아버지가 2위, 나는 3위다.

그래도 내가 섭섭하지 않은 것을 보면 나도 우리 어머니, 아버지를 끔직히 사랑하고 있나 보다.

동상이몽

후배에게서 책 한 권을 선물로 받았다. '위로의 음식'이라는 책으로, 표지도 마음에 들고 제목도 흥미로워 지하철 안에서도 읽고 집에 와서도 열심히 읽고 있는데 딸이 묻는다.

"무슨 책이야?"

"응, 선물 받았어."

"재미있는 책이네. 엄마는 위로의 음식이 뭐야?" 하고 묻는다. 느닷없는 질문에 잠시 망설이다가 15년 전에 딸이 만들어주었던 불고기 생각이 나서 "그때 네가 만들어준 불고기" 했더니 의외라는 듯 묘한 표정을 지으면서 뜻밖의 말을 한다.

"난 그때 생각은 하기도 싫은데…. 그때 엄마의 첫 반응이 뭐였는지 알아? "왜 이렇게 짜니?"였어. 전날 저녁에 장을 봐서 밤새워 책을 보면서 만든 거였는데. 엄마가 맛있다고 칭찬

해줄 것을 기대하면서…. 그리고 공항에 도착했으면 바로 내게 올 줄 알았는데 뒤늦게 나타난 것도 그렇고…."

뜻밖의 반응에 난 잠시 망연해진다.

"엄마가 "왜 이렇게 짜니?" 했을 때 나는 '또 시작이군' 하는 짜증이 올라오면서 앞으로 벌어질 엄마의 폭풍 잔소리가 나를 옭매기 시작했어. 그런데 그게 위로의 음식이라고? 뜻밖이네."

엇나간 우리의 기억을 뭐라고 설명해야 딸의 마음을 다독여줄지 갈피를 잡을 수가 없다.

그 당시 나는 회사 동료들과 미국 동부 출장길에 올랐었다. 숙소가 뉴저지로 정해지는 바람에 딸에게 바로 가지 못하고 일행들과 같이 거기에서 짐을 풀었다. 마음 같아서는 공항에서 바로 딸에게 달려가고 싶었지만 개인적인 이유로 이탈할 수 없다는 나의 어쭙잖은 원칙논리가 결국 딸을 섭섭하게 했던 것 같다.

직장 가진 엄마들이 저지르는 실수 중의 하나가 모든 것을 공적인 일에 초점을 맞추다 보니 가족에게 상처를 주는 일이 많다. 거기에다 자기 감정에 솔직하지 못하고 위선을 떠는 바람에 가족들은 번번히 희생양이 된다. 딸이 유학 간 지 1년쯤 됐을 때니까 보고 싶다는 생각이 마음에 꽉 차 있었고 어떤 집에서 어떻게 사는지, 무얼 먹고 사는지, 궁금한 것 투성이었어도 동료들과 행동을 같이 해야 한다는 그 원칙에서 벗어나지 않으려고 속내를 숨겼던 나의 위선이 결국 딸에게 상처를 준 것이다.

전화를 받은 딸은 어이없다는 듯이 목소리가 가라앉아 있었다.

"엄마, 왜 거기 있어? 뉴욕에 도착했으면 나한테 바로 와야지. 나 불고기 해놓고 엄마 기다리고 있어. 빨리 와!"

난 어쩔 수 없이 동료들에게 양해를 구한 후 부랴부랴 택시를 타고 딸에게로 갔다.

택시에서 내리니 그동안 많이 변한 딸이 손을 흔들며 달려온다. 반갑고 대견한 걸 어찌 말로 표현할 수 있으랴. 그런데도 감정을 누르고 의연한 태도로 딸이 안내하는 아파트로 들어갔다. 아늑하고 개성 있게 꾸며진 방에 인도 향이 솔솔 풍기는 게 생소했다. 순간 아이가 내 곁에서 훌쩍 떨어져 있는 독립체라는 것이 강렬하게 느껴지면서 어느새 어른이 되어 있다는 것이 감지됐다.

딸은 내가 코트를 벗고 씻기도 전에 준비한 음식을 내왔다. 엄마의 칭찬이 고파서였나 보다. 나는 그런 아이의 마음을 살피기보다 낯선 쟁반, 못 보던 밥그릇, 수저에 눈길이 가 서먹한 기분이었던 것 같다.

그때 딸이 만들었다는 불고기 백반은 내게 많은 의미를 선물했다. 이제 혼자 두어도 유학 생활을 너끈히 해낼 수 있을 거라는 확신, 또 이제는 이 넓은 세상에서 잘 적응하면서 자신이 하고 싶은 꿈을 마음껏 펼칠 수 있을 거라는 기대감이 몰려오면서 뿌듯한 기분이 되어 알 수 없는 행복감에 취해 있었던 것 같다. 그 아름다운 추억을 딸은 악몽으로 기억하고 있다니 말도 안 된다. 이 말을 시작으로 딸의 입에서 쏟아져 나온 말들은 내 인생을 돌아보는 계기가 됐고, 내가 지금까지 얼마나 큰 착각 속에서 살았는지를 깨닫게 했다.

"엄마, 엄마는 모를 거야. 내가 어려서 얼마나 공허함을 느끼고 살았는지. 나한테는 엄마가 항상 멀었어. 엄마는 두렵고 무서운 존재였어. 나도 다른 애들처럼 어리광도 부리고 싶었고, 떼도 쓰고 싶었어. 하지만 엄마는 언제나 냉정했고 나만 보면 지적만 했어. 그래서 나는 엄마에게 좋은 모습만 보이려고 본래 나를 감추고 살았지. 다행히 할머니, 할아버지가 계셔서 아쉽지 않게 사랑받으며 살았지만 엄마는 언제나 엄격하기만 해서 솔직히 나는 엄마가 싫었어."

봇물 터지듯 쏟아내는 딸의 고백에 넋을 잃었고, 그 충격이 하도 커서 딸에게 사과를 해야 할지, 소리 지르며 변명을 해야 할지 몰라 망연자실했다. 요즘 말로 멘붕 상태가 된 것이다.

내가 쳐준 든든한 울타리 안에서 할머니, 할아버지의 무한한 사랑을 받으며 행복한 마음만 가지고 살았을 거라고 착각했던 딸에 대한 자부심의 성벽이 와르르 무너지는 참담함이 몰려와 벙벙해졌다.

내 인생에서 가장 소중한 존재가 내 딸이었는데… 그 보석을 지키기 위해 온갖 것을 다 겪으며 버티고, 견디고 살아왔는데 딸에게 그렇게 큰 불만의 덩어리가 맺혀 있었다니 이게 무슨 청천벽력인가. 딸의 아픔이 싸~하게 전신에 퍼지면서 심하게 통증이 왔다. 둘이서 한 곳을 바라보며 서로에게 아무 불만 없이 산 줄 알았던 우리 모녀의 기억이 이렇게 동상이몽일 줄이야….

"너를 행복하게 해주려고 얼마나 바둥거리며 살았는데…."

변명 아닌 변명을 하면서 쩔쩔매는 내 꼴이 안쓰럽다. 유난히 예민한 딸의 감성도 문제지만 말 속에 칼이 있다는 내 말투가 더 문제인 듯하다. 딸을 향해 나도 모르게 튀어나오는 훈계조의 말투, 그것을 딸이 힘들어하면서도 내색을 안 했다니 그 아픔이 얼마나 고통스러웠을까. 잘못된 것, 눈에 거슬리는 것만을 잡아내어 흠잡는 내 버릇은 어디서 비롯된 것일까. 변명을 하자면 그동안 너무 바쁘게 쫓기면서 살다 보니 잘못된 사항이 눈에 띄면 빨리 고치려는 본능적인 몸짓이 상대에게 상처를 주는가 보다.

말은 마음을 담는 그릇이라고 하던데 딸의 마음 그릇에 상처와 아픔만 담겨 있었다니 난 새삼 나의 말버릇에 대해 생각하지 않을 수가 없다. 진심은 말하지 않아도 당연히 상대에게 전달될 것이라는 나의 어리석은 착각이 지난 일을 후회하게 한다. 세상에서 제일 가까운 엄마와 딸 사이에도 같은 사건을 놓고 이처럼 동상이몽이라니 이건 사건이다. 사랑이 깊을

수록 욕심이 더 했을 것이고, 욕심이 많을수록 강도가 높아 깊은 생채기를 냈겠지.

얼마 전 TV에서 어느 정신과 의사가 말한 '감정기억'이라는 단어가 생각난다. 사람의 기억에는 '감정기억'이라는 게 있어서 마음에 상처를 입으면 그 '감정기억'이 상처가 되어 평생 잊혀지지 않는다고 했다. 더구나 '감정기억'은 진심을 왜곡해 버리고 온갖 오해와 갈등으로 발전해서 불행의 실마리가 되기도 한다는 것이다. 나의 흠잡는 버릇이 딸에게는 감정기억으로 남아 있었던 모양이다.

그리고 보니 딸이 삼십이 넘도록 딸에게 나는 좋은 엄마, 인자하고 자애로운 엄마 노릇을 못하고 산 것 같다. 이제는 딸이 원하는 엄마가 돼보고 싶다. 하지만 평생 동안 길들여진 내 말버릇과 몸에 밴 습관 때문에 딸에게 번번이 상처를 주고 있으니 이것도 배냇병인가. 사람은 잘 안 변한다고 하던데 나도 그 안 변하는 대열에서 벗어나지 못하고 있나 보다.

난 큰 맘 먹고 마음속으로 딸에게 다정한 말을 건네본다.

"사랑하는 내 딸! 엄마는 세상에서 너를 가장 사랑한단다. 너에게 상처를 주다니 말도 안 되는 소리야. 엄마와 너는 하나야. 네가 아프면 나는 고통이야. 그런데 엄마가 네게 상처를 주는 가해자라니 그게 말이 되니? 그동안 너에 대한 엄마의 욕심이 너를 아프게 한 것 같다. 이제 엄마가 접을게."

사랑은 마음의 균형을 잡아주고 삶의 방식도 고쳐준다고

했으니 사랑으로 감싸안아 주자. 문제 제공자가 나이니 내가 그 매듭을 풀어야지. 결자해지, 맺힌 것은 동기를 제공한 사람이 풀어야 한다는 뜻이다. '딸아! 내가 풀어줄게. 우리 이제 동상이몽을 혼연일체로 바꾸자.'

우리 엄마

막 점심을 먹으러 나가려는데 전화벨이 울린다. 우리 엄마다. 들으나 마나 "밥 먹었니?"라고 물을 것이고 나는 "지금 먹으러 나가요."라고 대답할 것이 뻔하지만 우리 모녀는 습관처럼 같은 시간에 전화를 주고받는다. 대화의 내용은 언제나 똑같다. "밥 먹었니?", "언제 와?"라는 물음에 궁금증만 풀어드리면 된다. "지금 먹으려구요.", "먹었어요.", "먹고 있어요."가 내 대답이다. 동료들은 성의가 없다고 핀잔을 주기도 하고 빙그레 웃으며 놀리기도 하지만 마음속으로는 이런 어머니의 존재가 자랑스럽고, 그것이 내 삶의 가치이자 나를 지탱해주는 원천이라는 것을 마음 깊이 새기고 있다.

환갑을 훌쩍 넘긴 딸을 팔십이 넘은 노인이 마치 어린애를 챙기듯 하며 딸의 끼니를 걱정하는 우리 어머니. 가끔 "누구

하고?"라고 물으실 때가 있는데 혹시 딸이 외롭게 혼자 먹는 것이 아닌가 걱정이 돼서이다. 딸은 어머니의 그런 마음을 읽으며 어머니와 주고받는 짤막한 대화의 색깔로 재빨리 그날의 어머니 건강 상태와 컨디션을 체크한다. 회사를 쉬는 날 외에는 1년 열두 달 어느 하루 거르는 날이 없는 우리 모녀의 통과의례. 시간도 내용도 정해져 있다. 이런 절차가 하루에 두 번, 점심 시간과 퇴근 시간 두 차례 치러지는데 저녁 통화는 더 간단하고 단조롭다. "언제 와?" 하는 물음에 "많이 늦어지니까 저녁 잡수시고 일찍 주무세요." 이것이 한결같은 내 대답이다. 이렇게 똑같은 대답을 들으면서도 지치지도 않고 사십여 년 지켜오는 어머니의 사랑 행위다.

매일 바쁘다는 딸을 방해하지 않으려는 배려가 늘 마음 바탕에 깔려 있어서인지 물음도 짧고, 긴 대답을 원하지도 않는다. 그런 어머니에게서 좀 다른 내용의 메시지가 수화기를 타고 들려와 딸을 놀라게 한 적이 있다.

"올 때 파스 하나 사 와!"

"왜요? 넘어졌어요?"

"아니, 손목이 조금 아파서…."

"손목이 왜 아파요? 뭐하셨는데?"

어머니는 아무렇지도 않은 듯, "요즘 뜨개질을 많이 해서인지 손목이 시큰거리네." 하신다.

"그러게, 왜 그렇게 뜨개질을 많이 하세요? 오늘 좀 일찍

들어갈게요."

　딸은 속이 상한다. 어머니의 그 부지런함을 막을 수가 없다. 뜨개질이 치매 예방에 좋다는 말을 치료제로 알아듣고 뜨개질을 본격적으로 시작, 아니 손녀딸을 유학 보내고 나서부터 더 열정적으로 떠서 스웨터 더미에 치일 정도다. 그것도 어려운 무늬를 넣어 솜씨 있게 뜬 것을 보면 모두들 감탄을 한다. 꽈배기 무늬. 꽃 무늬, 페르시안 무늬, 잉카 무늬, 아가일 무늬…. 한 번 본 무늬는 척척 알아서 떠대는 그 솜씨는 전문가 뺨치는 재주다. 색깔별로, 디자인별로, 무늬별로 떠서 딸도 입히고, 손녀딸도 입힌다. 손녀딸이 가 있는 뉴욕의 날씨가 춥다는 정보를 어디서 들었는지 할머니는 그게 늘 걱정이다. 그래선지 할머니의 뜨개질 작업은 본격적이다.

　손녀딸은 할머니가 떠준 코트를 입고 "할머니 최고! 최고"를 외쳐 할머니를 신바람나게 하고 손녀딸의 칭찬에 기분이 좋아진 우리 엄마는 초겨울이 되면 점퍼, 가디건, 베스트, 풀오버, 망토, 양말, 장갑, 심지어 코트까지 떠서 한 보따리씩 보내신다. 그것을 낙으로 사시다가 하늘나라에 가시고 나니 어머니의 흔적이 집 안 구석구석 안 묻어 있는 곳이 없다. 지금도 옷장 문을 열면 우리 엄마가 뜨신 스웨터와 망토가 한 보따리다. 손녀딸은 그것을 절대 손대지 말라고 명령한다. 그런데 내가 큰일을 저지르고 말았다.

　어느 날 세탁기에서 나온 스웨터 두 벌이 아기 것으로 변해 있는 것이다. 내가 순모인 줄 모르고 세탁기에 넣고 돌려 그 꼴을 만들어버렸다. 딸은 울먹이며 나에게서 줄어든 스웨터를 뺏더니 나를 호되게 나무라며 슬퍼한다. 나의 마음은 순간 삐딱선을 탄다. "웃겨! 지는 할머니고 나는 우리 엄만데…. 지가 뭐라고 울 엄마의 소중한 딸인 나를 야단치고 난리야?" 토라졌지만 지은 죄가 있으니 어쩌랴. 울 엄마를 뺏어간 내 딸, 그 내 딸이 울 엄마를 저만의 할머니라고 고집하는 한 나는 백기를 들 수밖에 없다.

행복한 냄새

8월 끝 무렵이 되면 9월 1일 찾아올 딸의 생일이 내겐 큰 행사다. 어려서부터 손녀 생일을 환갑잔치처럼 준비했던 우리 엄마, 그 할머니의 영향인지 딸은 유난히 제 생일을 챙긴다. 생일이 다가오면 제 주변 친구들은 물론 엄마인 나에게도 은근히 압력을 가한다.

"엄마, 내 생일에 뭐 해줄 거야?"

"글쎄, 뭐 해줄까?"

"갈비찜."

할머니가 안 계시고 내가 딸의 생일을 챙겨주기 시작한 때부터 딸은 집밥에 갈증을 느끼나 보다. 전에는 평소 갖고 싶었던 물건들을 요구해서 엄마의 주머니를 털더니 이제는 먹을 것을 만들어달라고 엄마를 난감하게 한다.

갈비찜이라? 한 번도 만들어본 적이 없으니 공부를 할 수 밖에…. 요리 책 몇 권을 꺼내놓고 갈비찜을 찾아 먹거리 여행을 떠난다.

많고 많은 요리 선생들의 레시피가 모두 다르다. 누구 것이 제 맛인지 도무지 알 수가 없다. 인터넷도 찾아보고 주변 사람에게 묻기도 한다. 그렇게 며칠을 지내면서 내 머리 속에는 온통 갈비찜으로 가득하다. 자면서도 갈비찜을 만든다. 그렇게 시간을 보내다 보니 어느새 내일이 D-day다.

장바구니를 들고 마트에 나가 갈비 1kg을 샀다. 고기 사이사이에 박혀 있는 허연 기름이 싫어 고기를 외면한 지 벌써 몇 년이다. 그러나 오늘만은 예외다. 딸이 먹고 싶다는데 무엇을 못 해주랴. 주저할 것 없이 한우 1등급 갈비를 잘라 봉투에 담아 집으로 왔다.

우선 갈비를 물에 담가 핏물을 뺐다. 요리책에 그렇게 쓰여 있다. 핏물 뺀 갈비를 애벌 삶아 기름 풀린 물을 따라버리고 양념을 만들어 데친 갈비에 넣고 버무려 냉장고에 넣어두었다. 그리고 갈비찜에 들어갈 밤, 대추, 감자, 당근을 밤톨만하게 다듬어 따로 담아놓고. 그 다음 미역국 차례다. 미역국은 그동안 몇 번 끓인 경험이 있어 걱정이 안 된다. 잡채도 해야겠는데 엄두가 안 나지만 기억을 더듬어 맛을 내면 된다. 암튼 각오를 단단히 하고 잠간 허리를 펴려고 누웠으나 도무지 잠이 오지 않는다. 갈비가 눈앞에 아른거려 누워 있을 수가 없다. 시간을 보니 새벽 2시 반이다. 5시에는 운동하러 가야 하니까 시간이 없다. 벌떡 일어나 부엌으로 나가 냉장고에서 양념에 재놓은 갈비를 꺼냈다. 양념이 충분히 밴 것 같다. 솥에 안치고 다듬어 놓은 밤, 대추, 감자, 당근을 한데 섞은 후 물을 자작하게 부어 찜을 하기 시작했다. 새벽 3시 반쯤 됐을까? 잠들었던 딸이 킁킁거리며 한마디 한다.

"어디서 이렇게 행복한 냄새가 나지?"

성공이다. 딸이 행복에 겨워 잠까지 깼으니 생일 선물로 이만하면 충분하지 않은가. 나는 갈비 한 대를 솥에서 꺼내 방으로 들고 들어가 비몽사몽인 아이 입에 한 조각 물려주고 "간 맞나 봐." 했더니 엄지를 치켜들고 흔들어 내 기분을 맞춰준 후 다시 잠이 든다.

'행복한 냄새'라는 말이 맘에 든다. 얼마 전 딸이 할머니를 기억하면서 했던 추억의 말이 생각난다.

"엄마! 나는 '할머니' 하면 생각나는 달콤한 냄새가 있어. 어느 날인가 학교 갔다 집에 오는데 우리 집 골목으로 들어서자 어디선가 행복한 냄새가 나는 거야. 그게 우리 집이었어. 대문을 열자마자 확 퍼지는 그 달달한 냄새! 그날 할머니는 딸기잼을 만들고 계셨거든. 얼마나 달콤한지 지금도 그 냄새를 기억하면 행복해져."

"그랬어?"

"그래서 나는 우울할 때 그 냄새를 떠올린다구. 그러면 할머니가 나를 위로해주는 거야. 미국에서 힘들었을 때도 가끔 할머니의 그 냄새를 기억해내곤 했어."

딸의 말을 듣고 보니 측은한 생각이 들기도 하면서 할머니와 손녀딸의 그 끈끈한 관계를 나는 감히 근접할 수도 없다는 생각이 든다.

냄새와 행복, 과연 이 두 가지가 어떤 연관관계에 있는 것일까. 곰곰이 생각해보니 밀접한 관계임이 확실하다.

요즘은 행복의 조건을 '향기'로 찾는 이들이 많아졌다고 한다. 불면증, 우울증, 조바심, 난폭성까지도 향기로 잡는 경우가 많다고 하니 관심을 가져봄직하다. 인테리어 향기라는 게 뭔가. 쾌적한 환경에서 행복감을 느껴보자는 게 아닌가. 향기를 즐기는 이들은 허브 향으로 집 안을 꾸민다는 말을 들었다.

현관에는 상큼한 향의 레몬밤을 놓아 집 안에 들어서는 이들을 맞이하게 하고. 거실에는 베르가모트 같은 상쾌한 향으로 가족들의 피로감을 풀어준다는 것이다. 허브농장에 갔다가 들은 얘기지만 일리가 있는 것 같아 메모해둔 적이 있다. 침실에는 숙면에 좋다는 라벤더 향을, 주방에는 비린내, 탄내를 잡는 로즈메리 향을, 화장실에는 탈취 효과가 있는 티트리를, 옷장, 서랍장에는 민트 향을 이용해서 행복감을 맛볼 수 있다는 허브농장 주인의 설득력 있는 주장이 그럴듯하다. 특히 올여름처럼 습도가 온 집 안을 덮어 불쾌감이 집 안 가득 채워졌을 때는 그런 향기가 꼭 필요한 것 같다. 그 중에서도 마음으로 느껴지는 행복 향기는 음식 향이 훨씬 더 윗자리가 아닐까.

아버지가 살아계셨을 때다. 어머니를 먼저 하늘나라에 보내시고 아내에 대한 그리움과 외로움으로 아버지가 몹시 힘들어하셨을 때 내가 마음을 다해 끓여놓은 된장찌개 한 그릇이 아버지를 잠깐 행복하게 했던 기억이 난다.

된장찌개 맛있게 끓이는 요령을 알아내어 그날 정성을 다해 끓였더니 외출에서 돌아온 아버지가 엄마 돌아가시고 처음으로 "근사한 냄새가 나네." 하시면서 활짝 웃으셨다.

그때 아버지는 어떤 마음이었을까? 엄마 냄새를 맡으셨나 보다. 그래서 그렇게 행복하게 웃으셨나 보다. 그날 식사를 어떻게 하셨는지는 기억이 잘 안나지만 아버지의 행복 미소는 아직도 내 기억에 남아 있다.

사람마다 추억이 묻어 있는 향기를 갖고 있다고 한다. 그런 향기는 우연히 찾아오는데 그런 나만의 향기는 소중하고 귀하다.

할머니에 대한 그리움이 묻어 있는 딸기잼 냄새, 아내에 대한 사랑이 각인되어 있는 된장찌개 냄새, 내 기억 안에서 지워지지 않는 따뜻한 우리 엄마 냄새 모두가 '행복 향기'다.

행복이란 뭔가? 행복은 밖에서 오는 것이 아니라 우리 맘에서 꽃처럼 피어난다고 했던가. 내 맘속에 나만의 '행복 향기'가 있는 한 어떤 일이 있어도 나는 늘 행복하다.

딸의 칭찬

딸의 칭찬을 좋아하는 바보 엄마, 표현력이 뛰어나고 유머러스한 딸은 엄마의 그런 맘을 짚어 작은 것도 크게 칭송하여 엄마의 자존감을 높여주는 재주가 있다. 물론 기분 좋을 때만이지만….

칭찬 중에 "엄마가 만든 음식이 제일 맛있어!"라는 그 말이 좋아 딸이 먹고 싶다고 하면 공부를 해서라도 만들어보려고 애를 쓰다 보니 다른 엄마들보다 시간도 배, 수고도 배로 드는 경우가 많다. 낯선 메뉴는 요리책을 보고 인터넷을 뒤져서 그럴싸하게 완성해서 딸의 코앞에 대령하는 꼴통 엄마.

친정엄마를 닮아선지 새벽 잠이 없어 그 시간에 일을 해치우는 나는 이른 새벽에 책도 읽고 글도 쓰고 청소도 하고 옷 정리도 하고 운동도 한다.

오늘도 일을 저질렀다. 새벽 3시에 눈이 떠지자 부엌으로 나가 음식 만들기에 도전한 것이다.

"엄마! 내일 우리 카레 먹을까? 카레가 먹고 싶다"

카레라면 문제없다. 책을 뒤적이거나 요리 사이트를 찾아보지 않아도 척척 만들 수 있는 것이 카레다. 우선 멸칫국물을 만들어야겠다. 맹물 카레 국물보다 멸치 육수를 사용하면 훨씬 깊은 맛이 나니까… 부엌 뒤 식품 보관 창고에 나가 감자, 양파, 당근을 꺼내 조리대에 올려놓고 냉동실에서 고기와 완두를 꺼내 놓으니 준비 완료다. 아니 말려 놓은 표고도 꺼내 물에 담가 불려야겠다.

멸치 육수를 내려면 굵은 멸치를 프라이팬에 볶아 비린내를 없애야 하니까 그것부터 하자. 몇 번 해봐서 척척이다. 큰 냄비에 물을 붓고 볶은 멸치를 넣어 불에 올린 후 모든 재료를 씻어 깍둑썰기로 썰어놓았다. 참, 냉동실에서 꺼낸 고기는 끓는 물에 한 번 데쳐내야겠다. 둥둥 뜨는 기름기를 걷어내야 한다는 게 나의 음식 만들기 기본이다. 혈압으로 한번 혼이 난 후로 고기에 대한 개념이 달라졌다.

물에 담가놓은 표고는 어느새 말랑한 상태가 되었고 멸칫국물도 팔팔 끓는다. 우묵한 팬을 불에 올리고 기름을 두른 후 양파를 볶다가 기름 뺀 고기를 넣고 감자, 당근을 넣어 볶기 시작했다. 어느 정도 재료가 익었을 때 멸칫국물을 국자로 떠서 자작하게 붓고 바글바글 끓이다가 표고 썰어 넣고 완두도 넣은 후 카레가루를 풀어 넣으려는 순간! '참 카레가 어디 있더라?' 항상 보관했던 부엌 장을 열어보니 카레가 보이지 않는다. 언제고 대여섯 개는 마련되어 있던 그 자리에 카레가 없다. 당황한 나는 우선 가스 불을 끄고 카레 찾기에 나섰다. 식품 보관 창고, 양념 넣는 장, 그릇 장, 선반, 싱크대 밑 빈 공간, 서랍장, 아무 데도 노란색 카레 봉투가 눈에 띄지 않는다. 카레를 만든다면서 주재료인 카레가 없다니 말도 안 된다. 당연히 있어야 하고 있다고 생각한 카레가 없다는 건 필기도구를 안 챙겨간 수험생이나 다를 게 없다. 평소에 덤벙대는 기질이 이럴 때 나타난다. '당연'이란 없는 것이라는 사실을 다시 한번 깨닫는 순간이다. '근데 어쩌지? 카레가루가 없으면 맹탕 헛방인데….'

시간을 보니 4시 40분이다. 하필 오늘이 주일이니 5시 반이면 새벽 미사에 가야 하는데 남은 시간은 1시간 정도다. 머리도 손질해야 하고 화장도 해야 하고 옷도 갈아입어야 하니 시간이 없다. 5시면 모든 걸 완성해놓고 기분 좋게 성당 갈 준비를 해야 할 시간인데, 이를 어쩌지? 이 상태로 멈추고 가면 딸이 일어나 얼마나 실망할까? 생각이 거기에 이르니 '망설이긴 뭘 망설여?' 하는 울림이 들리고 그 환청에 떠밀려 머리에 감겨 있는 세팅 롤을 풀고 24시간 마트로 달려나갔다. 얼마나 빨리 뛰었는지 머릿속이 촉촉하게 땀에 젖고 머리카락 사이로 찬바람이 스며들어 선뜻하다.

마트 아저씨가 깜짝 놀라 "왜 이렇게 새벽에 나오셨어요?" 하고 묻는다. "카레 사러 나왔어요. 어디 있죠?"

"저쪽이요."

아저씨가 가리키는 곳을 보니 노란색 카레가 듬뿍 꽂혀 있다. 나는 무조건 열 개를 집어 계산하고 또 급히 뛴다. 성당에 시간 맞춰 가려면 서두르지 않으면 안 된다. 후다닥 부엌으로 들어간 나는 한 개를 가위로 개봉해서 육수에 풀려다가 멈칫, 뭔가 뭉클한 것이 이상하다. 서두르는 바람에 카레가루가 아니고 3분 카레를 집어 온 것이다. '아뿔사! 이를 어째?!' 낭패도 이런 낭패는 없다. 시간을 보니 5시 15분, 머리에는 세팅 롤이 다시 매달려 있다. 마트에서 오자마자 땀에 젖은 머리를 말리기 위해 무심결에 말았나 보다. 이대로 달려 나가 교환해서 다시 만들게 되면 미사 시간에 늦을 게 뻔하다. 하지만 딸을 실망시킬 수 없다는 내 꼴통 기질이 똬리를 틀고 있는 한 멈출 수가 없다. 절실하다. 나는 세팅 롤을 감추기 위해 스카프를 찾아 머리에 뒤집어쓰고 다시 뛰쳐나갔다. 마트 아저씨가 눈이 둥그레진다.

"이게 아냐. 카레가루를 사야 하는데 3분 카레를 샀어요."

"저런! 어서 가져오세요."

계산대 앞에 있는 아저씨도 초조한지 서두른다.

"늙어서 그런가?"

계산을 하는 동안 중얼거렸더니 아저씨가 웃으면서 위로

한다.

"요새는 젊은 사람도 그래요. 성당 미사 시간 늦겠네요."

"그러게 말이야."

나의 뜀박질 속도가 바람개비가 되어 카레가루 봉투를 열고 가스 불 앞에 선 시간이 5시 40분, 완성 시간이 5시 50분이다.

"와! 대박!!" 하고 엄지를 올릴 딸의 모습이 떠오르면서 기분이 좋다.

5시 55분, 성당에 도착하면 6시 10분쯤 될 터이니 10분 지각이다. 하느님이 봐주실까? 딸에게 칭찬 한마디 들으려고 새벽부터 설친 그 행동이 가상해서라도 용서해 주시겠지.

헐레벌떡 도착한 나를 보고 마리아가 한마디 한다.

"왜 늦었어요?"

"좋은 엄마 노릇 하려고…. 이따 얘기해 줄게."

미사가 끝나고 커피 한잔 하면서 젬마 씨가 한마디 한다.

"머리 드라이 했어요? 오늘 참 예쁘네."

"그래요? 고마워라!"

기분이 좋아지면서 하느님의 용서가 감지된다. 오늘 화장도 안 하고 머리도 손가락으로 슥슥 빗어내리고 달려 나왔지만 보는 이가 예쁘다고 하니 그게 하느님의 용서지 뭐람….

"샬롬! 하느님 감사합니다!"

너나 잘해

온 나라가 메르스 전염병으로 들끓는 6월 14일 주일 새벽. 성당 가려고 준비하는데 천둥 번개, 소나기가 겁을 준다. 그래도 가긴 가야겠기에 만반의 차림을 하고 살짝 나가려는데 잠든 줄 알았던 딸이 비몽사몽 잠이 가득한 목소리로 말린다.

"엄마, 가지 마."

"안 돼. 가야 해. 괜찮을 거야."

"천둥소리 안 들려? 비가 억수같이 쏟아져. 이따 나하고 같이 11시 미사 보러 가."

"아니, 오늘 할 일이 많아. 새벽 미사 보고 체조하러 가야 해. 오늘은 조찬이 있는 날이야."

"그게 중요해? 암튼 내 말은 죽어라 안 들어요."

유난히 잔걱정이 많은 딸은 나를 위험지구에 내보내지 않으려고 잔소리가 폭풍이다. 추우니까 옷 단단히 입어라, 바람 부니까 모자 써라, 영하로 떨어졌으니 나가지 마라, 영양을 골고루 섭취해야 하니 이것 먹어라, 눈 나빠지니 책 보는 걸 줄여라, 허리 아프니까 일하지 마라…. 도무지 나를 '하지 마라'에 가두려고 한다. 그러고 보니 내가 딸 키울 때 줄곧 했던 말들을 딸이 지금 나에게 송두리째 써먹는 것 같다. 엄마를 생각하는 딸의 염려려니 해서 허허 웃어 넘길 때도 있지만 나는 가끔 저항을 한다.

"이제 그만해! 숨 좀 쉬고 살자. 내가 바보니? 걱정하지 마. 내가 알아서 할테니…."

그래 봐야 소용없다. 더구나 위험 요소가 문밖에 깔려 있는 요즘은 나를 집 안에 가두려고 안간힘이다. 자꾸만 뛰쳐나가려는 엄마, 그런 엄마를 통제하려는 딸, 둘의 신경전은 팽팽하다. 만일 나갈 일이 있을 때는 반드시 마스크를 써야 한다는 것이 철칙이고 명령이다. 내 방에도, 거실에도, 현관 입구에도 마스크가 꼭 챙겨져 있고, 소독약이 여기저기 굴러다닌다. 나갔다가 들어오면 손 씻는 것은 기본, 수시로 내 손바닥에 소독액을 꾹 짜준다. 나는 기쁜 맘으로 딸이 시키는 대로 하려고 노력하지만 딸은 성에 안 차는 모양이다. 도무지 자기 말을 안 듣는다는 것이 딸의 불만이다.

정말 내가 그렇게 반항 엄마인가?!

며칠 전, 금족령을 어기고 가출했다가 8시간 만에 집에 돌아온 사건. 그 사건은 졸지에 나를 불량노인으로 추락시켰다.

"엄마, 지금이 어느 땐데 또 나가. 뉴스도 못 들어? 메르스가 온 사방에 퍼지고 있대. 여기저기 뚫려서 심각하대요."

딸은 정색을 하고 메르스 위험을 조근조근 설명해준다. 하지만 아무리 위험해도 일상생활을 묶어 놓는 것은 아니라고 생각하는 것이 나의 주장이다. 지금까지 살아오면서 위험요소는 언제고 있었고, 또 앞으로도 어떤 일이 어떻게 다가올지 모른다. 그런 것들을 헤쳐나가는 것이 인생이 아닐까.

하지만 오늘 새벽 천둥, 번개, 빗속을 마다 않고 또 나가려고 하니 딸의 눈치를 안 볼 수가 없다. 고집 부리는 애처럼 새벽 미사 가겠다고 모든 채비를 한 나를 보고 안 되겠다 싶었는지, 아니 말려도 안 들을 것이 뻔하다고 판단을 했는지 새벽잠에 빠져 있어야 할 그 시간에 벌떡 일어나 주섬주섬 옷을 걸친다.

"너 어디 갈 거야?"

"엄마 데려다 주려고…."

"괜찮아. 엄마 갈 수 있어. 어서 잠이나 자."

"소독약 챙겼어? 마스크 쓰고…."

잔소리 소나기가 또 쏟아진다. 나는 가출하는 불량소녀처럼 찍소리 못하고 시키는 대로 마스크 쓰고 우비 입고 소독약 챙겨 넣고 대문을 나선다.

평소의 이 시간은 발걸음도 조심조심, 딸이 깰까 무서워 숨소리도 죽여가며 새벽체조를 나가는 시간이다. 천둥소리에 깼

느지는 몰라도 딸은 고집을 부리고 나를 따라 나선다. 비가 억수같이 쏟아지고 천둥도 우르르 쾅쾅, 옆에 있는 딸을 보니 이게 웬일! 마스크는 커녕 우산도 조막만 한 것을 들고 있어 등판이 다 젖었다. 면 셔츠를 입고 나왔으니 흠뻑 젖을 수밖에…. 어이가 없어서 한마디.

"넌 왜 마스크도 안 쓰고 우산이 그게 뭐니? 등이 다 젖었어."

나의 지적에 저도 뭔가 찔렸는지 낄낄낄 웃는다. 나는 이때다 싶어 한마디 더 공격한다.

"난 네가 더 걱정이야. 엄마에게 잔소리하려면 너부터 잘해. 그게 뭐니? 마스크도 안 쓰고, 우산도 그렇고 옷도 그렇고…. 어서 들어가. 어서 들어가서 더 자!!"

다른 때 같았으면 토라져서 말대꾸도 안 할 상황인데 딸이 비실비실 웃는다. 나도 그 웃음에 실려 키득키득 웃으며 성당으로 들어가다가 돌아서서 보니 내가 성당 안으로 들어가는 것을 확인한 후에야 쏟아지는 비를 맞고 돌아서는 딸을 보고

'너나 잘하세요.' 중얼거리며 바로 문자를 보낸다.

"조심해서 들어가. 엄마 걱정 너무 하는 것도 불효야. 푹 자고 맛난 것 챙겨 먹어. 난 체조하러 갔다가 밥 먹고 갈게." I love you 하트 세 개!!

"엄마도 조심하구! 난 엄마 데려다주고 와서 맘이 편해. 재밌게 잘 다녀오세요." 하트 두 개!

사고뭉치 엄마

새벽 3시 반, 여느 때처럼 일찍 일어나 습관처럼 서재 방으로 건너가 TV를 켠다. 대개 그 시간에는 여기저기서 홈쇼핑 방송을 하는데 이 물건, 저 물건 신기한 것도 많고 멋진 것도 많다. 모두가 필요한 것 같고 편리할 것 같아 주문하고 싶어 안달이 난다. 특히 인테리어 아이디어 상품들은 나의 호기심을 자극하기에 충분하다.

풀칠을 하지 않고 물에 담갔다가 벽에 붙이기만 하면 분위기가 달라지는 벽지, 사이즈 맞춰 문틀에 붙이기만 하면 난방 효과에 좋다는 문풍지, 못을 박지 않아도 붙이기만 하면 뭐든지 걸 수 있는 투명 접착 걸이… 모든 게 그럴싸하고 맘을 잡아당기는 물건들이다.

지은 지 40여 년이 넘는 낡은 집에 살고 있어서일까, 여기저기 만지기를 좋아하는 취향 때문일까, 시선을 바꿔가며 집 안 여기저기를 스캔해보고 요리 바꾸고 조리 옮기기를 수십 번, 어떤 때는 하루 종일 그런 놀이를 하면서 지낼 때도 있다. 둘러보면 손댈 곳이 한두 군데가 아니다.

아파트에 살고 있는 친구들 집에 가보면 문고리, 바닥재, 벽지, 가구, 집기들, 장식품들이 모두 세련되고 깔끔하게 정돈 돼 있어 멋져 보이는데 우리 집은 30년 전이나 지금이나 마찬 가지다. 아니, 친구들이 드나들던 중학교 시절이나 변한 게 별로 없다. 오죽했으면 50년 만에 우리 집에 놀러온 어릴 적 친구가 "몇십 년 만에 한국에 와보니 변한 게 너무 많은데 너희 집만 안 변한 것 같아!" 하면서 돌아가신 우리 엄마, 아버지를 그리워했다. 리모델링을 하고 싶은데 엄두가 나지 않는다. 거기에서 오는 보상심리인지 여기저기 놓여 있는 인테리어 소품들을 옮겨놓고 그 변화를 즐기는 것으로 대리만족을 하고 있는 셈이다.

다행히 화가 가족들이 있다 보니 가족들의 그림들이 벽을 장식하고 있어 그나마 집 안 분위기를 잡아주고 있다. 겨우 내가 할 수 있는 일은 아이 사진첩을 뒤져 어릴 적 예쁜 모습들을 빼서 사진틀에 끼워 여기저기 놓아보는 것이 고작이다. 인테리어 업자를 불러 견적서 뽑고 공사를 시작하면 간단하게 해결될 문제들이지만 비용이 겁이 나서 주저하는 나의 속내를 드러내기는 왠지 자존심이 상한다.

TV 화면에서는 남녀 호스트가 나와 수다를 떨면서 창틈에 문풍지를 붙이고 있다. '참, 내가 며칠 전 문풍지를 샀지….' 생각이 거기에 미치자 나는 냉큼 일어나 문풍지를 꺼내 작업 개시를 했다. 화면에서는 여전히 너무나 쉽게 문풍지 테이프를 잘라서 척척 붙인다. 재밌을 것 같다. '옳거니, 한번 해 봐야지.' 딸이 알면 난리를 칠 테니 조심조심, 살금살금, 소리 나지 않게, 느릿느릿을 염두에 두고 움직였다.

유난히 추위를 타는 딸을 생각하면 못할 게 뭐람. 집에 있는 동안 따뜻하게 해주고 싶은 에미 맘을 알랑가 모를랑가. 암튼 다음 주부터 추워진다니까 서둘러야겠다. 거실에 걸려 있던 커튼과 블라인드를 걷어내고 맨 창으로 있어서인지 난로를 켜놓아도 방문을 열면 거실이 썰렁하다. 나는 거실로 나가 창문들을 훑어봤다. 거실 큰 창은 아무래도 자신이 없고, 현관 쪽에 있는 작은 창부터 시작해보자. 그 창틈을 막아보고 자신감이 생기면 딸을 살살 달래서 큰 창을 같이 해야지, 내가 익숙해져야 딸에게 지시를 할 수 있을 것 같아 시도해보기로 했다.

줄자를 들고 창문 사이즈를 재기 시작했다. 가로 사이즈는 위 아래가 같으니 재는 데 문제가 없는데 세로 사이즈가 문제다. 천장 쪽에서 재야 하는데 줄자가 흘러내려 어딘가 올라가지 않으면 안 된다. 높낮이가 다른 의자 중에 제일 높은 의자를 꺼내 창 앞에 버텨 놓고 한 발을 올리고 또 한 발을 올리려는데 도무지 다른 발이 올라가지를 않는다. 몸이 무거워서인가 나이 탓인가…. 번개처럼 아득함이 느껴지며 '이제 죽었다', 이런 말썽을 부리다니, 올려놓은 발을 내려놓을 수도 없다, 잘못하면 와당탕 넘어져 뼈가 부러질 판이다. 나는 조심 또 조심 살며시 주저앉았다. 하지만 균형 잃은 무거운 몸이 쿵! 하고 쓰러지면서 엉덩방아를 찧고 말았다. 그와 동시에 '딸의 미국행에 차질이 생기면 안 되는데' 하는 걱정으로 정신을 바짝 차리고 가만히 일어서봤다. 다행히 일어서는 데 무리가 없다. 뼈는 아냐, 뼈는 아냐…. 머릿속 최면을 걸며 방까지 살살 걸어서 침대까지 가긴 했는데 누우려니 "아구구!" 소리가 절로 나온다.

"왜? 어디 아파!" 예민한 딸이 눈을 번쩍 뜬다.

"아니, 아무것도 아냐."

아닌 척 연기를 하려니 아픈 허리가 예사롭지 않다. 그때 휴대폰 소리가 울린다. 팔을 뻗어 받으려는데 옆구리 쪽이 댕겨서 "아!" 하는 외마디 고함이 절로 나온다.

"좀 어떠세요?"

조금 전 카톡으로 상황 설명을 들은 친한 아우가 걱정이 되어 전화를 걸어왔다.

"아프긴 해도 괜찮아. 뼈가 부러진 것 같지는 않아."

"어서 병원에 가세요."

둘이 주고받는 통화 내용이 이상한지 "엄마가 허리 아픈 것 이모가 어떻게 알아?" 하며 다그친다.

"응, 아까 카톡이 왔길래 말했더니 그래."

그 말을 듣자마자 내 휴대폰을 가로채더니 수사를 시작한다.

"내가 그럴 줄 알았어. 엄마가 몇 살인데 의자에 올라가? 엄마가 아직도 청춘인 줄 알아? 나 미국 안 갈 거야. 엄마는 감시자가 필요해. CCTV를 설치해야겠어."

"얘가 왜 이래? 괜찮다니까…."

"빨리 말해. 다시는 안 그런다고, 엄마가 이런 위험한 행동하면 내게 나쁜 일이 일어난다는 거 알아? 몰라?"

공포 분위기로 몰고 가는데 숨이 막힌다. 소리를 질러 저항하고 싶지만 이런 악다구니가 모두 엄마를 위한 경고려니 생각하고 웃을 수밖에 없다.

"알았어. 안 그럴게. 이제 그만해."

"약속, 약속하는 거야. 알았지?"

에미를 몰아붙이는 딸의 반응을 효도려니 여기고 마음을 다스리려니 힘겹다.

아침에 첫 환자로 정형외과에 가서 사진 찍고 뼈는 안 다쳤다고 해서 마음은 놓였지만 말썽을 부린 꼴이 되어 부끄럽다.

사라진 토란국 국물

올 추석은 유난히 덥다. 여름도 끝나지 않았는데 추석이라니…. 추석이라면 적어도 공기 냄새가 달라야 하고 시야에 들어오는 정경에서 가을색이 돌아야 한다. 그런데 올 추석은 온통 여름 분위기 그대로다. 실내에선 에어컨을 돌려야 하고 밖에 나가면 민소매 여인들이 챙 달린 모자를 쓰고 맨발에 샌들을 신은 채 장보기를 한다. 나도 거기 섞여 추석 장을 봤다. 감세 개에 만 원, 토란 한 보시기에 만 원이다. '이게 뭐람! 너무하네.' 투덜댔지만 추석 차례는 지내야 하니 어쩌겠는가. 최소량으로 장바구니에 담는 수밖에…. 추석 전전날 장보기를 해놓고 아침 체조를 나갔다. 서오릉을 산책하며 살림 고수 여인에게 물었다.

"토란국은 어떻게 끓여야 맛있어요?"

"우선 토란을 잘 골라야 하고 국물용으로 양지머리 고기를 덩어리로 사세요. 토란은 껍질 있는 것으로 사서 집에서 벗기는 게 좋아요."

"그걸 어떻게 벗겨요?"

"벗기는 게 번거로우면 벗겨놓은 것을 사는데 하얗게 벗긴 거 말고 그 자리에서 벗기면서 파는 거 그걸 사면 돼요. 수입 토란 말고 국내산으로 사세요."

"그래서요?"

"쌀뜨물에 담가놓았다가 그 물에 삶아 소쿠리에 건져 물기를 빼세요."

"쌀뜨물이 없으면요?"

"소금물에 삶아도 돼요."

"국물을 잘 만들어야 토란국이 맛있는데 요즘은 기름진 음식을 싫어하니까 고기를 애벌 삶아 첫물은 버리세요. 애벌 삶을 때 양파. 통마늘, 대파 토막, 그리고 커피 한 숟갈 넣는 것도 좋아요."

"커피도 넣어요?"

"그래야 누린내가 달아나요."

시키는 대로 했다. 쇠고기 끓이는 냄새가 구수하다. 애벌 끓인 물을 따라버리고 새 물을 넣으니 해로운 콜레스테롤 덩어리가 빠져나간 듯해서 개운하다. 그 물에 무 토막을 썰어넣고 토란국 국물을 만들었다. 그 국물에 멸칫국물을 내서 섞으니 국물이 한솥이다. 조선간장으로 간 맞춰놓으니 그야말로 일품인 맛이다.

그날 저녁 미리 찾아온 손님들에게 토란국을 끓여 맛을 평가하라 했더니 맛있다고 야단이다. 어떻게 끓였기에 이렇게 맛이 깔끔하고 구수하냐고….

멸칫국물을 내서 섞은 것이 비법이었나 보다. 아무튼 올 추석 토란국은 성공이다. 내일 아침 추석 차례상에 올리고 딸의 평가를 받으면 된다.

우쭐한 기분으로 손님을 보내고 TV 드라마를 보고 잠자리에 들려는데 날씨가 너무 덥다. 에어컨을 켜놓아도 밖의 공기가 더워선지 주방 쪽 공기가 무겁다. 맛있게 끓여놓은 토란국 국물이 걱정이 된다. 만일 상하기라도 하면 낭패다. 냉장고나 김치 냉장고에 보관하고 싶어도 국물 담긴 솥이 하도 커서 넣을 데가 없다. 그때 머리 속을 지나가는 생각! 한번 끓여 놓으면 안전할 것 같다. 그래서 국물 담긴 솥을 가스불에 올리고 불을 켰다. 이 많은 국물이 끓으려면 시간이 꽤 걸릴 것 같아 방으로 들어가 침대에 누워 TV를 켰다. 재미있는 토크쇼가 시작되어 낄낄거린 것이 내 기억의 전부다. 집 안에 구수한 국 냄새가 진동해서 눈을 뜬 건가? 아무튼 눈을 뜨자마자 "내 국물!" 하고 부엌으로 튀어나갔고 솥뚜껑을 여는 순간, 그 많은 국 국물은 다 어디 가고 바닥에 무 조각만 깔려 타들어가기 직전 상태로 나를 쳐다보고 있다. '이 바보야!' 하듯이.

아, 아까운 내 국물! 다 어디로 갔단 말인가? 요란한 내 소동에 잠이 깬 딸이 나를 위로한다.

"엄마, 너무 아까워하지 마! 고기 국물 없으면 어때? 불나지 않은 것이 다행이야."

"토란국은 고깃국물로 끓여야 하는데…."

"원칙이 어디 있어. 상황에 따라 대처하면 돼지."

섭섭해하는 내게 위로의 말을 하며 어서 잠이나 자라고 야단이다. 시계를 보니 새벽 3시. 고기를 다시 사다가 끓일 수도 없다. 몇 시간만 있으면 추석날이니 가게들은 모두 문을 닫았을 것이고 할 수 없이 멸칫국물에 토란국을 끓일 수밖에 없는 상황이다. 그 맛을 상상해봤다. 도무지 감이 잡히지 않는다. 그래도 맹물보다는 낫겠지 하고 냉동실에서 멸치를 꺼내 멸치 육수를 만들었다. 그 멸치육수에 삶아 놓은 토란과 건져서 썰어놓았던 고기를 넣고 끓이려는데 사라진 국 국물이 아른거려 견딜 수가 없다. 맛있다고 칭찬받은 그 국물이 어디로 사라졌단 말인가? 다른 어떤 물건을 잃어버렸을 때보다 더 아깝고 서운하다. 더구나 1년에 한 번 끓이는 토란국, 딸에게 맛난 토란국을 먹이려던 꿈이 사라진 것이 더 분하다. 돌아가신 아버지, 어머니에게도 너무 죄송하다. 토란국을 유난히 맛나게 잡수시던 두 분께 죄송해서 견딜 수가 없다. 멸칫국물을 싫어하던 엄마 생각을 하니 더욱 내가 밉다. 멸칫국물에 끓인 토란국을 차례상에 올리는 것은 불효. 거기에 생각이 머물자, 나는 모든 진행을 멈추고 양지머리 고기를 찾아나섰다. 창밖을 보니 깜깜하다. 시곗바늘은 새벽 4시를 가리키고 있다. 나는 열쇠를 챙겨들고 소리 나지 않게 살그머니 밖으로 나갔다. 한 집이라도 정육점이 열려 있으면 하는 바람이 이루어질 수 있을까?

새벽 4시, 고깃집은 물론 모든 가게들이 셔터를 내린 상태고 교회 불빛만 반짝인다. '그럼 그렇지. 이 시간까지 정육점 문이 열려 있을 리 없지.' 더구나 추석 날 새벽에 문을 열어놓은 가게가 있다는 건 어불성설이다. 망연자실, 길가에 서 있는데 슬픔 같은 것이 몰려온다. 알 수 없는 감정이지만 외로움, 쓸쓸함, 아니 자괴감이라 해야 할까? 칠십을 훌쩍 넘긴 이 나이에 주부 초년생이 된 내 꼴이 우습다. 지금까지 뭘 꿈꾸며 달려왔는지 우쭐대며 살아온 40여 년이 허망해진다. 그런 기분으로 10여 분쯤 길가에 서 있었나 보다. 길 건너 24시간 마트에 불이 켜져 있는 것이 눈에 들어온다.

'맞아. 거기 가면 정육 코너가 있으니까 살 수 있을지도 몰라.' 황급히 가보니 청소하는 아저씨가 비질을 하고 있다. 종업원들은 하나도 보이지 않는다.

"아저씨, 지금 물건 살 수 있어요?"

"가격표 붙어 있는 것은 사실 수 있어요."

"고기는요?"

"유리장 안에 가격표가 붙어 있는 것만 가능해요."

나는 유리장 속의 고기 라벨을 꼼꼼히 살펴봤다. '양지 국거리'라는 글자가 눈에 띄는데 고기가 깍둑 모양으로 썰어져 있는 상태다. 그거라도 어딘가. 흉내는 낼 수 있을 것 같다. 나는 안도의 숨을 쉬고 그것을 사다가 처음부터 순서를 밟아 국 국물을 다시 만들었다.

아침에 일어난 딸이 환호성을 친다. 식탁 위에 주욱 만들어 놓은 삼색나물, 각종 전, 송편, 씻어놓은 각종 햇과일들, 거기에 구수한 냄새를 풍기며 끓고 있는 토란국 국물 냄새가 미각을 자극하나 보다.

얼른 국 국물을 국자로 떠서 딸의 입에 넣어주니 "와! 맛있다. 엄마, 정말 구수해! 어제 다 졸아버렸잖아?"

"다시 고기 사다 끓였지. 새벽 4시에 나가 고기를 사왔다는 거 아니니."

"엄만 못 말려. 그 새벽에 고기를 사왔다고? 멸칫국물로 해도 되는데…."

"어떻게 그러니? 1년에 한 번 내 딸에게 먹이는 거고, 울 엄마, 울 아버지께 대접하는 건데…."

생색을 내고 나니 뭉쳤던 마음이 확 풀리고 피곤이 후다닥 뺑소니치는 것 같다.

묵은지 새우젓볶음

딸이 가끔 엉뚱한 음식을 찾을 때가 있다. 할머니가 그리워지면 그 손맛이 함께 떠오르나 보다.

"엄마! 그거 있지. 우거지에 새우젓 넣고 볶은 거, 그게 먹고 싶다."

"응, 그거? 그거 맛있었지."

"그거 한 가지만 있으면 밥 한 그릇 뚝딱인데~"

"내가 만들 수 있을까?"

몇 번 시도해봤지만 번번이 그 맛이 나지 않아 숙제인 상태였다. 도대체 노인네가 뭘 넣고 어떻게 만들었기에 그런 맛을 낼 수 있었을까? 우리 모녀는 밥상 앞에서 할머니 얘기를 제일 많이 나눈다. 어떤 음식을 만들든 할머니 맛과 비교하는 내 딸, 할머니와 짝짜꿍인 내 딸은 유난히 더 그런다. 우리 입

맛을 이렇게 오랫동안 사로잡을 거였으면 만드는 법이나 가르쳐주시지 부엌 근처에는 얼씬도 못하게 한 우리 어머니다. 가끔 음식 만드는 어머니 옆에서 돕고 싶어 얼찐거리면 들어가라고 손사래를 치셨다. 왜 그랬을까? 자신의 영역을 뺏기고 싶지 않아서였을까? 아니 틈만 나면 딸이 쉬기를 원했고, 어머니가 만들어주는 음식을 맛있다고 달게 먹으면 그것만 좋아서 행복해하던 우리 어머니다. 그래서 내가 육십 후반이 되도록 부엌은 우리 어머니 성지였고 음식 만들기는 어머니 담당이었다. 얼마나 오래 내 곁에서 나를 보살피시려고 그런 고집을 부리셨는지 알다가도 모를 일이다.

그때는 그런 나를 모두들 부러워했다. 구김살 하나 없는 실크 블라우스를 입고 출근한 날은 모두들 한마디씩 했다.

"그렇게 손질 힘든 블라우스를 어떻게 입으세요?"

"우리 어머니가 다려주시니까 입고 나오기만 하면 돼."

"세상에~ 아직도 어머니가 다려주세요?"

나에 관한 모든 것, 먹는 것, 입는 것, 신는 것, 들고 다니는 가방까지도 챙겨주던 우리 어머니다. 어머니가 내 곁에 없으면 나도 없다고 생각했던 그 어머니가 지금은 내 곁에 없다. 벌써 6년째다. 그 세월 동안 그 입맛을 그리워했고, 그 체취를 아쉬워하며 살았다. 나보다 내 딸은 더하다. 할머니 손에서 자란 내 딸은 아예 할머니를 제 분신인 양 사랑한다. 노인네가 애한테 얼마나 사랑을 퍼부었으면 저 정도일까? 샘이 날 때도 있었다. 특히 음식 솜씨에 관한 한 양보가 없다. 내 딴에는 온 갖 정성을 다해 몇 시간이나 걸려 만들어놔도 딸 애가 "아닌 데~" 하면 아니다.

그놈의 우거지볶음은 나를 더 난감하게 한다. 생각날 때마 다 지치지 않고 만들어보지만 도대체 그 맛이 나지 않는다. 그 래서 음식 만들기 고수인 주변 사람들에게 묻기도 하고 식당 에 가서 그와 비슷한 음식이 나오면 주인에게 물어보기도 하 지만 레시피가 정확하지 않고 그들이 일러준 대로 만들어봐 도 그 맛이 아니다.

우거지볶음에 대해 포기하고 원재료인 우거지와 새우젓이 문제라는 것으로 딸과 나는 결론을 내렸다. 그 후부터 나는 우 거지만 눈에 띄면 사다가 쌓아놓는 버릇이 생겨 여행을 가서 도 그곳 아낙들이 말려서 파는 우거지가 있으면 무조건 사고 본다. 그렇게 사다놓은 우거지가 몇 상자인지 모른다. 언젠가 는 그 맛을 내보겠다는 의지의 행위다.

웬만큼만 만들어도 엄지손가락을 들어주는 딸인데 이 우 거지 새우젓볶음만은 항상 점수 미달이다. 그 맛이 어떤 맛인 지도 떠오르고 음식 모양, 냄새 모두 생생한데 그 맛을 낼 수 가 없으니 답답할 노릇이다. 그런데 어제 저녁 휴대폰으로 인 터넷을 보고 있던 딸이 중얼거린다.

"엄마, 우리 묵은지 있어?"

"응, 있어. 작년에 누군가 갖다준 김치가 아직 김치냉장고에 있어.”

“아무래도 이게 할머니 그거 같은데 엄마 한번 만들어 볼래?”

“어떻게 만드는 건데?”

“우리 돼지고기 목살 사다 놓은 거 있지? 새우젓도?”

“응, 있어.”

“그럼 됐어. 내가 만들어볼께.”

“아니, 내가 만들 거야. 만드는 법이나 불러줘.”

딸이 주욱 읽어주는 레시피를 머릿속에 열심히 입력한다. 잊어버릴까 봐 메모를 할까 했으나 내용을 들어보니 별다른 것이 없는 것 같아 기억 안에 꼭꼭 눌러 담는다.

도대체 잠이 오지를 않는다. 만들어보고 싶어 안달이 난다. 나는 살그머니 일어나 김치냉장고를 열고 맨 아래쪽에 있는 묵은 김치통을 꺼냈다. 해묵은 김치 두 포기가 하얀 골마지를 덮고 군내를 풍기며 담겨 있다. 그것을 꺼내 물에 담갔다. 군내 가시라고 물을 갈아가며 씻으니 김치 포기에 있던 무채며 양념들이 모두 씻겨나간다. 오롯이 배추 줄기만 두 포기 살을 드러내는데 그럴싸하다. 시계를 보니 새벽 3시. 우선 물에 담가 놓아 군내를 우려내기로 하고 양념을 만들었다. 마늘 2큰술, 생강 1작은술, 새우젓 1큰술, 정종 3큰술, 올리브유 1큰술을 고루 섞어 양념장을 만든 후 멸칫국물을 만들었다. 다시마까지 몇 장 넣어 멸칫국물을 끓이니 구수한 냄새가 부엌 안에 가득하다.

1차 재료 준비를 마친 후 방에 들어가 등을 폈다. 아무래도 묵은지의 군내를 빼려면 몇 시간은 물에 담가놓아야 할 것 같아서다. '어떻게 만들어야겠다'라고 생각하니 빨리 만들고 싶어 안달이 나지만 기다렸다. 눈을 감고 누워 있지만 머릿속은 온통 음식 만들기 순서만 맴돌고 있다.

창밖이 훤해지기가 무섭게 부엌으로 나가보니 김치 두 포기가 물에 담긴 채 나를 기다리고 있다. 그중 한 포기를 꺼내서 다시 한번 흐르는 물에 씻은 다음 물기를 꼭 짜서 볼에 담고 만들어놓은 양념옷을 입혔다. 손으로 훌훌 털어가며 묻히니 양념이 고루 잘 묻는다. 그리고 돼지고기 목살을 꺼내 잘게 썬 후 마늘 양념 기름에 볶다가 멸칫국물을 한 국자 넣고 자글자글 끓이니 돼지고기가 하얗게 익는다. 거기에 후춧가루를 조금 뿌려 누린내를 제거하고 양념에 재둔 묵은지 배추 줄기를 안쳤다. 그다음 멸칫국물을 자작하게 붓고 중약불에서 바글바글 끓였다. 새우젓 향이 묵은지 향과 어우러지면서 그럴싸한 냄새가 부엌 안을 채운다. 20~30분쯤 끓였을까? 이제 다 익은 것 같다. 불을 끄고 들기름 1큰술을 뿌려 마무리하고 배추 줄기 한 가닥을 꺼내 입에 넣어본다. 어쩐지 어머니 맛과 비슷해진 것 같다. 난 마음이 조급해져서 잠이 덜 깬 딸을 재촉해서 부엌으로 불러냈다. 그리고 그 입에 배추 한 줄기를 밀어넣었다.

딸이 "오?!" 하고 탄성을 발하면서 "엄마, 바로 이 맛이야! 이 맛 어떻게 만들었어? 엄마 최고, 드디어 성공!"

엄지손가락을 높이 들고 세리머니를 펼치는 바람에 내 어깨가 우쭐, 우리 어머니에게 자랑하고 싶어진다.

"엄마, 내가 해냈어요. 드디어 찾아냈어요. 엄마의 그 사랑과 정성, 마음이 담긴 레시피를…."

이제 내 요리 노트에 한 가지 메뉴가 더 보태진 이 기쁨, 이래서 인생은 살 만하다.

딸의 첫 강의

오늘은 딸의 첫 강의가 있는 날이다. 얼마나 바라던 꿈인가. 내 소망이 이루어진 셈이다. 딸을 유학 보내면서 나는 은근히 딸이 교단에 서주기를 바랬다. 하지만 딸에게는 감히 그 소원을 알리지 않았다. 유난스런 딸의 성격으로 보아 내 솔직한 맘을 알리면 분명 부담감을 가질 것이고, 그 스트레스가 딸의 앞길에 방해가 되지 않을까 해서 조심하다 보니 본인이 하는 대로 맡기는 것이 좋겠다는 생각이 들었다.

유학을 마치고 돌아와 작업실에서 그림만 그리겠다고 선언하는 딸의 계획을 지켜보면서 "그래그래, 그렇게 하렴. 네 그림 참 좋다!"만 되풀이했을 뿐, 다른 아무것도 권하지 않았다. 가끔 코앞에 있는 딸의 모교 앞을 지나다니면서 딸 또래 선생들이 출근하는 모습을 보고 부러워서 슬쩍 내 속내를 드러냈더니 일언

지하에 거절하는 바람에 그 후론 입도 뻥긋 못 했다.

그렇게 별난 딸에게 내 생각을 말했다가는 그나마 내 맘속 깊은 곳에 자리한 소원마저 사라질세라 조심조심 그 꿈을 나만 간직하고 5년이 훌쩍 지나갔다. 그동안 그림도 열심히 그리고 전시회도 하고, 그림으로 칭찬도 받고 하면서 화가로서의 입지를 지켜오다가 대학의 콜을 받은 것이다. 일주일에 하루, 3시간 강의를 해달라는 요청이다. 무조건 받아들여 줬으면 하고 딸의 눈치를 살폈더니 의외로 딸이 'OK' 사인을 보낸다.

"엄마, 새벽에 가야 하는 것이 부담스럽지만 한번 해볼게."

"그래?! 한번 해봐. 얼마나 근사하니? 사실 네가 학교 강단에 섰으면 하는 것이 엄마 소원이었거든. 왠지 너는 아이들을 잘 가르칠 것 같았어. 어려서도 대중 앞에 서는 것을 잘했잖아."

"엄만 또 시작이다. 어려서 내 성격은 이제 없어."

남 앞에 나서는 것을 유난히 쑥스러워하는 내 성격을 전혀 닮지 않은 딸이 자랑스럽기도 했었다. 수업 발표문을 스스로 써서 연습한답시고 의자에 올라가 웅변하는 모양새가 하도 우스워 가족들을 배꼽 잡게 하던 장면이 아직도 눈에 선하다. 그 어릴 적 성격으로 보아 학교 선생이 딱 맞는 직업일 거 같은데 왠지 딸은 그 언제부터 남 앞에 서기를 주저하고 싫어했다. 아는 체를 절대 안 했고, 있는 듯 없는 듯 작업실에서 그림만 그렸다. 그렇게 변한 딸을 지켜보면서 안타까워하고 있는데 강사 자리가 주어진 것이다. 그것을 저항 없이 받아들이는 딸이 고맙다.

첫 강의가 있는 그 전날부터 나는 긴장했다. 내일 새벽 제 시간에 밥이라도 한술 먹여 보내려면 따끈한 국을 끓여야 할 것 같고, 밥도 새 밥을 먹여야 할 것 같아 쌀도 미리 씻어 담가 놓고 마트에 나가 냉이, 시금치를 카트에 담고, 생선 코너에 가서 모시조개도 샀다. '모시조개 넣고 냉이국을 끓이면 없던 입맛도 살아나겠지.'

새벽잠에서 깬 딸에게 한 숟가락이라도 밥을 먹게 하려면 구수한 된장국으로 유혹하는 것이 좋을 것 같아 주저하지 않고 장보기를 했다.

집에 돌아와 된장국 끓일 준비를 했다. 우선 멸칫국물을 만들어 병에 담아놓고 모시조개는 해감시키려고 소금물에 담가 검은 비닐을 덮어놨다. 시금치, 냉이는 깨끗이 씻어 끓는 소금물에 파랗게 데쳐 물기 짜서 먹기 좋은 크기로 잘라 놓으니 냉이 시금치국 끓일 준비는 다 된 셈. 내일 새벽 일찌감치 일어나 끓이기만 하면 완성이다.

다음 날 새벽 3시, 나는 살그머니 일어나 부엌으로 나갔다. 이미 밑준비를 다 해놓았으니 밥 안치고 국만 끓이면 된다. 먼저 멸칫국물을 냄비에 붓고 팔팔 끓이면서 해감해놓은 모시조개를 깨끗이 씻어 넣고 된장을 풀어 넣었다. 구수한 냄새가 집 안에 퍼진다. 팔팔 끓는 된장국물에 데쳐놓았던 냉이와 시금치를 넣으니 봄 향이 진동한다. 국간장으로 간을 맞추고 다진 파, 마늘까지 섞으니 그 맛이 일품이다. 한 숟갈 떠서 맛을 보고 만족해서 딸이 깨기를 기다렸다.

집에서 6시 50분쯤 나가야 맘 놓고 8시 10분 차를 탈 수 있는데 6시쯤 일어났다. 분명 서두를 것이 뻔하다. 세수하고 화장하고 옷 골라 입다 보면 시간이 빠듯하다.

나는 밥을 먹이지 못하고 보낼 것 같아 초조해지기 시작했다. 그래서 궁리한 것이 전에 울 엄마가 그랬던 것처럼 김에 밥을 한 숟갈씩 얹고 멸치볶음 한 개씩을 넣어 집어먹기 좋게 돌돌 말았다. 열 개쯤 싸서 접시에 담으니 한가득이다. 따끈한 냉이 된장국도 국그릇에 떠서 상을 봤다.

어느새 6시 30분, 아무리 계산해봐도 식탁에 앉아 밥 먹을 시간이 없을 것 같다. 맘이 저려온다. 분명 식탁에 앉지도 않고 뛰어나갈 것이 분명한데 이를 어쩌지? 재촉도 못하고 서성이다가 나는 옛날에 울 엄마가 그랬던 것처럼 밥과 국을 쟁반에 받쳐 들고 딸 방으로 갔다. 그리고 옛날에 울 엄마가 그랬던 것처럼 화장하고 있는 딸 옆에 앉았다.

"뭐야?"

피곤한지 짜증 섞인 반응이다.

나는 또 울 엄마가 내게 했던 것처럼 김에 말은 밥을 한 개 집어 딸의 입에 넣어주었다. 왠일인지 저항 없이 씹어 먹는다. 얼른 냉이 된장국도 한 숟갈 떠서 먹였다.

"맛있는데…. 되게 구수하다."

입맛이 당기는지 화장하던 손을 멈추고 냠냠 잘도 받아먹는다. 어느새 김밥 담은 접시가 허룩해지고 맛있는지 국그릇을 들고 마셔버린다.

나는 날아갈듯 기분이 좋아졌다. 내 배가 든든한 것이 포만감으로 행복이 가득하다. '이런 것이구나. 딸 입에 들어가는 것이 내 입에 들어가는 것보다 이렇게 행복한 것이구나. 그래서 울 엄마도 출근하는 내 옆에 앉아 김에 말은 밥을 내 입에 넣어주시고 국도 떠먹여 주셨었구나.' 그때는 그런 유난스런 엄마가 귀찮아 짜증도 내고 안 먹고 출근한 적도 한두 번이 아닌데 '엄마 맘이 이런 것이구나.' 그때 좀 더 곰살맞게 대하지 못한 내가 부끄럽고 죄송하다. 살아 계시다면 따뜻하게 안아드리고 싶은 맘이 간절하다.

내 딸이 첫 출근하는 그날, 아니 첫 강의를 하러 가는 그날 아침, 나는 비로소 엄마 맘이 되어 울 엄마의 깊은 사랑을 떠올리고 그리워 울먹이며 반성했다.

40여 년을 한결같이 출근하는 딸에게 온갖 정성을 다 쏟았던 울 엄마, 딸을 위해 기도 또한 얼마나 열심이었던가? 출근하는 딸 등에 성수를 뿌려주고 기도로 보내줬던 울 엄마가 너무 너무 보고 싶다.

나는 그날 딸을 출근시키고 나서 서둘러 성당으로 갔다. 그리고 성모님께 촛불을 밝히고 내 딸을 위해 기도를 올렸다.

"성모님, 감사합니다. 울 엄마가 나를 위해 기도하셨듯이 나도 내 딸을 위해 기도를 드리오니 오늘 시작하는 딸의 첫 강의 실수 없이 잘할 수 있게 함께해 주세요.”

　울 엄마가 내게 했듯이 나도 내 딸을 위해 그렇게 기도했다. 누가 시키지 않아도 나 역시 우리 엄마처럼 그렇게 하고 있는 내 행동에 나도 놀란다.

내 사위 만나던 날

며칠 전부터 난 수험생 된 맘으로 이것저것 준비하느라고 머릿속이 분주하다. 생전 첨으로 딸의 남자친구가 집에 인사하러 온다는 소식을 들었기 때문이다. 딸하고 둘이 소박하게 살고 있다 보니 손님 초대하는 일도 별로 없고 누군가 불쑥 찾아오는 것도 그리 반갑지 않다. 하지만 피할 수 없는 일이 코앞에 닥쳤다. 그것도 먼 곳, 뉴욕에서 서울까지 온다는 손님을 거절할 수는 없는 일이다.

마침 새해이기도 해서 떡국을 준비하기로 했다. 모든 게 무심상한 딸은 신경 쓰지 말고 차와 과일 정도면 된다고 하지만 내 맘은 그렇지가 않다. 내게는 귀중한 손님이고 사윗감 면접 첫 경험이다. 하지만 어떻게 된 노릇이 내가 면접관이 아니고 면접을 당하는 수험생이 된 기분이다.

우선 집 안 청소를 하기 시작했다. 피아노 옆에 세워놓았던 몇 년 된 병풍도 꺼내어 소파 밑에 감추고 이것저것 구석에 쌓아두었던 청소기구, 선풍기, 다리미 같은 잡동사니도 정리해서 지하실에 내려다 놓았다. 그것도 딸이 알까 봐 새벽에 일찍 일어나 조용조용 하나씩 하나씩 정리해나갔다. 딸이 알면 분명 한마디 할 것이 뻔하다. 유난 떨지 말라고.

핀잔을 듣고 싶지 않아 마치 죄라도 지은 듯 도둑고양이 모양 살금살금 움직이는 내 모습이 내가 봐도 우습다. 기운이 없으니 여러 가지를 한꺼번에 할 수는 없고 하루에 한 가지씩만 하기로 했다.

처음, 뉴욕 보이가 온다는 말을 듣고 '어쩌지?' 하는 걱정으로 대청소를 시도해보려 했으나 청소업체 견적을 뽑아보니 50만 원을 달라고 한다. 집에 가구가 많고 청소해야 할 창틀, 욕실, 주방…. 두세 명이 필요한 일이란다. '알았다.'라고 보낸 후 콘티를 짰다. 하루에 한 가지씩 내가 해보기로. 죽기 아니면 살기다. 엄마 아버지가 살아계셨으면 문제도 안 되는 일들이 내게는 커다란 숙제요, 과제다. 청소, 집 정리, 음식…. 많은 일들이 어깨를 짓누른다.

두 분이 계셨으면 정돈된 환경에서 맛나게 만들어주시는 엄마 표 밥상을 받기만 하면 되는데…. 그것도 자타가 공인하는 우리 엄마 밥상, 어느 누가 어느 때 와서 먹어도 평생 잊지 못하는 맛을 내는 울 엄마 음식은 자랑 중의 자랑이었다. 그 맛을 감히 내가 어떻게 낼 수 있을까마는 그 맛이 아직도 내 혀에 남아 있는 한 비슷하게라도 흉내를 내야 할 텐데 큰일이다. 음식을 만들 때마다 딸의 평가를 조마조마 기다리는 것도 우리 엄마 음식 맛을 내려고 애쓰기 때문이다. 나와 딸의 입맛은 아직도 울 엄마 음식 맛을 그리워하고 있어 건방지다.

'청소' 하면 울 아버지, '음식' 하면 울 엄마인 집에서 살아온 우리 모녀는 공주처럼 마님처럼 받기만 하고 살았다. 나는 70년, 내 딸은 35년을 그렇게 살았다. 그러다가 덜컥 우리 곁을 떠나신 두 분을 끌어안고 추억과 남겨주신 사랑을 야금야금 빨면서 우리 모녀는 그것을 양분으로 지금 살고 있다. 그러다 보니 우리 모녀는 모든 것이 유아기에 멈춰 있는 셈이다. 명절이 닥쳐와도 김장철이 돼도 남들처럼 바쁘지도 않고 강 건너 불구경하듯 바라보기만 하면서 엇비슷하게 흉내만 내고 산다. 딱하게 여긴 이웃이 김치도 갖다 주고 맛난 반찬을 만들어 내 가방에 살짝 넣어주기도 한다.

그런 내게 어렵고 어려운 손님이 온다니 긴장할 수밖에. 적어도 남들이 하는 반만큼은 흉내를 내야 할 텐데 걱정이다.

TV 드라마에서 딸의 남자친구를 초대할 때 상다리가 부러지게 차려놓은 장면을 상상하니 걱정이 태산이다. 뭐 하나 특징 있게 잘 하는 것이 없으니 더욱 막막하다.

우선 떡국 상으로 콘셉트를 정했다. 떡국 상에는 나물이 있어야 하고 전, 잡채, 불고기, 갈비찜, 생선찜, 그리고 햇깍두기,

나박김치, 식혜, 수정과가 놓여야 어우러지는 것으로 알고 있다. 그런데 그것을 어떻게 내가 다 준비한단 말인가? 말도 안 되는 일. 이건 사건이다.

나는 요리책을 펼쳐놓고 떡국 끓이기부터 익혔다. 사골국물을 내야 하는데 걱정이다. 사골을 사다가 뽀얗고 누린내 나지 않게 국물을 내라고 적혀 있다.

앞이 캄캄, 엄두가 안 난다. 살림의 고수 영자 씨에게 물으니 "그러지 말고 곰국 국물은 사세요. 그 국물에 사태 한 근 사다가 토막 내서 무 넣고 물 좀 보태서 푹 끓이면 훨씬 맛있어요. 나중에 그 고기는 건져서 쪽쪽 찢어 양념해놓았다가 떡국 웃기로 얹으세요." 하고 가르쳐준다.

"맞아, 그렇게 해야겠다." 그렇게라면 할 수 있을 것 같다. 장보기 목록에 사태 한 근과 무 한 개, 곰국 국물을 적어넣었다. 그리고 또 뭘 하지? 전과 잡채, 나물을 준비하자. 전과 동그랑땡, 나물, 잡채는 어머니가 가신 후 몇 년간 설, 추석, 제사상을 차리면서 만들어본 경험을 살리면 할 수 있을 것 같다. '이 정도쯤이야' 하는 자신감을 가지고 도전해보기로 했다.

음식도 하루에 한 가지씩 3일 동안 만들어 냉장고에 보관해두면 된다. 마침 깍두기는 맛난 것을 선물 받아 한 병 담아놓은 것이 있으니 그것이면 되고, 다른 것은 몰라도 나물 맛나게 무치기는 건 자신 있다. 후배가 직접 농사지어 짜서 보낸 들기름도 있고, 들깻가루, 생 들깨가 있으니 그것을 사용하면 웬만해서는 맛이 살아난다. 아니 합격점에 들 수 있다.

딸에게 뉴욕 보이 식성을 슬쩍 물어보니 고기보다는 나물을 좋아하고 곰국보다 멸칫국물을 좋아한단다. 그렇다면 얘기가 달라진다. 곰국은 안 사도 되고 갈비찜이니 불고기니 준비를 안 해도 된다. 자신감이 생긴다. '내가 잘 하는 것만 하자' 각오를 다시 하고 메뉴도 간편하게, 음식량도 조금씩만 만들어 손님을 기다렸다.

현관을 들어서는 뉴욕 보이가 해맑다. "안녕하세요? 세배 받으세요." 미국에서 성장한 청년답지 않게 한국식 예절을 갖추고 있다. 중학교 3학년 때 유학 가서 지금까지 20여 년을 낯선 땅에서 살았다는데 그런 낯설음이 전혀 느껴지지 않는다. 둘러메고 온 배 한 상자를 내려놓는 모습도 그동안 드나들었던 친척 청년들의 모습과 다르지 않다.

"어서 와요. 반가워요."

어색하지 않은 첫 만남의 인사가 오간 후 집 안을 둘러보고는 "갤러리 같아요." 하는 첫 마디가 마음에 든다. 우리 집 작은 거실의 자랑은 그림이다. 동생 내외의 그림, 딸의 그림, 또 몇몇 화가의 그림이 걸려 있는 우리 거실의 분위기를 칭찬하면 금방 그 사람과 공감대가 형성된다.

기분이 좋아진 나는 밥상을 차렸다. 준비한 메뉴는 대여섯 가지에 불과하다. 게다가 곰국 대신 멸칫국물을 떡국 국물로 쓰기로 한 것이 번거로움을 덜어준다. 사태 한 근은 따로 끓여 멸칫국물과 섞기로 했다. 푹 고아진 고기는 쪽쪽 찢어서 양념해두었다.

준비한 다섯 가지 나물을 큰 접시에 모양내어 담고 전과 동그랑땡은 긴 접시에 구분해서 담아 초간장을 곁들였다. 잡채는 둥근 접시에 따로 담았다. 보관해뒀던 깍두기를 소담하게 담아 상 가운데 놓으니 상차림이 그럴듯하다.

이제 떡국 차례다. 사태 곤 국물과 멸칫국물을 적당하게 섞어 팔팔 끓이다가 떡국 넣어 끓이면서 파, 마늘 넣고 조선간장과 소금으로 간을 맞추니 구수한 냄새가 주방을 채운다. 준비한 예쁜 떡국 그릇에 적당히 퍼 담고 양념한 고기 얹고 후춧가루 조금 뿌려 상에 놓으니 먹음직스럽다. 나는 먹었다는 핑계를 대고 밥상 자리를 피했다. 행여 내가 있어 먹기를 거북해할까 봐서이기도 했지만 왠지 나의 쭈뼛거림 증세가 작용해서이기도 하다.

둘이서 맛있다는 감탄사를 주고받으며 달그락거리더니 "어머니! 떡국 한 그릇 더 주세요. 너무 맛있어요!" 하는 소리가 들린다.

'합격이다!' 면접관 앞에 선 수험생처럼 조마조마하다가 합격한 기분이다. 사윗감 첫선을 본 게 아니고 장모감 선을 그 청년에게 보인 것인가. 우선은 내가 합격선에 들은 것 같으니 이제부터 사윗감 선을 내가 봐야지. 정신 차려! 이 할망구야!

좋은 일을 할 수 있게
해주셔서 감사

딸을 시집보내고 달라진 나의 생활 패턴. 새벽 2시 반쯤 잠이 깨는 것은 쭉 지켜지는 내 잠버릇이지만 언젠가부터 난 그 시간에 데이트를 약속한 여인처럼 설레임으로 들뜬다. 잠자리에서 일어나자마자 머리 감고 세수하고 화장하는 손길에 정성을 다하는 그 모양새가 애인 만나러 가는 설렘의 몸짓이 아니고 뭔가. 1시간 후면 어김없이 '따르릉' 벨이 울릴 것이고 "엄마!" 하는 목소리가 귓전에 다가오면서 책상 위에 켜놓은 맥북의 화면에 사랑스런 딸의 모습이 나타날 것이니 단장을 안 할 수가 없는 일. 시집가면서 딸이 제일 먼저 세팅해주고 간 것이 맥북의 영상통화 장치이다. 이 기구는 이역만리도 훌쩍 뛰어넘어 바로 코앞에서 딸을 만나게 한다.

"엄마, 이리 와봐. 여기 아이콘 중에 카메라 렌즈 화면을 눌러. 거기 엄마 얼굴이 떠오르면 여기 카메라 모양 그림 보이지. 그걸 눌러 그러면 내가 나와."

내 손을 잡고 하나하나 설명하면서 마치 유치원생을 가르치듯 기초부터 차근차근 잔소리가 폭풍이다.

"어디 한번 해봐."

연습까지 시키면서 날 성가시게 하더니 그것이 내 외로움을 달래주는 큰 보물이 될 줄이야…. 그것 말고도 음악 좋아하는 엄마를 위해 내가 머무는 곳곳에 좋아하는 음악이 흘러나오도록 라디오, 오디오를 세 대나 설치하고 갔다. 그리고 우리 집에는 대형 TV가 두 대나 있다. 내 잠자리인 침대방에 하나, 서재에도 대형 TV 하나가 한 벽을 차지한다. 행여 엄마가 외로울까 봐 이것저것 챙기는 그 모습이 찡해서 애써 대범한 척 말에 힘을 준다.

"걱정하지 마. 엄마가 얼마나 강한지 너도 잘 알잖아. 엄만 네가 생각하는 것보다 혼자 사는 법, 아니 혼자 노는 법을 잘 알고 있어." 의연하게 구는 내 위선을 무시하고 딸은 몇 날 며칠을 끙끙대며 최첨단 기구들을 설치해놓았다. 그것들이 이제 다정한 동반자가 되어 나를 위로하고 있다.

오늘도 화장까지 완벽하게 하고 세팅한 머리를 풀어 헤어스타일을 매만진 후 옷 중에서 가장 밝은 빨간색 스웨터로 갈아입었다. 딸에게 생기 있는 모습을 보여주기 위해서다.

내가 조금만 우울해 보여도, 칙칙해도, 기운 없어 해도 용납을 안 하는 내 딸, 난 그 애를 위해서 항상 행복해야 하고 건강해야 하고 즐거워야 한다. 살이 쪄도 말라도 안 된다. 그러니 몸 관리는 필수요, 숙제다. 영상통화 할 때도 시선은 항상 저를 바라보란다. 얘기 중에 내 눈길이 조금만 빗나가도 한눈팔지 말고 저를 바라보라고 호통이다. '나 원 그 갑질을 내가 어찌 말리랴.'

"엄마 예쁜데?" 그 한마디 들으려고 새벽 단장을 하는 내 모습이 애인을 만나러 가는 행동이 아니고 뭐람.

오늘의 주제는 '좋은 일'이다. 딸과의 통화 1시간은 그날 있었던 크고 작은 에피소드를 두서없이 마구 쏟아내는 것으로 시작한다. 미국과 한국에 떨어져 있는 게 아니고 바로 내 옆에 앉아 있는 것처럼 겪은 일들을 밑도 끝도 없이 마구 떠벌이고 수다를 떨어야 직성이 풀린다.

"엄마, 난 참 이상해. 할머니, 할아버지들에게 끌리는 뭔가가 있나 봐. 오늘 친구 만나러 가려고 집을 나서는데 웬 휠체어 탄 할아버지가 휠체어를 밀어달라는 거야. 기꺼이 밀어드렸지. 그랬더니 고맙다고 하면서 횡단보도 건너 어느 빌딩 앞이 목적지라고 거기까지 데려다 달라나. 거기까지 모셔다 드리고 왔더니 기분이 좋네."

"참 잘했다. 노인들은 누군가에게 도움을 청하고 싶은 때가 있거든. 엄마도 그런 도움을 받을 때가 많아. 지하철에서 벌떡 일어나 자리를 양보하는 젊은이, 손에 든 짐을 번쩍 들어주는 젊은이, 계단 오를 때 슬쩍 다가와 가볍게 부축해주는 젊은이…. 모두가 우리의 희망이요, 미래지."

"며칠 전에도 슈퍼마켓에서 장보고 나오는데 어떤 할아버지가 그 많은 사람 중에 구태여 나를 골라서 문을 열어달라는 거야. 문을 열면서도 좀 웃음이 나오더라. 내 얼굴에 할아버지, 할머니들이 다가오게 하는 뭔가가 있나 하고…. 어디를 가도 노인들이 내 주변에 많아."

"그건 네가 노인들에게 따뜻한 시선을 주기 때문이 아닐까. 아기들이 저를 사랑해주는 사람을 본능적으로 알아보듯 노인들도 사랑의 눈길을 감지하는 촉이 있거든.

"그런가? 그건 참 좋은 일이네. 난 왠지 할머니, 할아버지들이 좋아."

"맞아. 옛날부터 주변에 나이 드신 분들이 너를 좋아했어. 할머니가 널 키워줘서 그런가 봐."

"암튼 기분이 참 좋아. 좋은 일을 찾아가서도 하는데 오늘은 그런 일이 스스로 찾아왔으니 감사하네."

"역시 내 딸이네. 네가 한 작은 일이 예수님께 한 것이라 생각해. 마태복음 25장 40절에 이런 말씀이 있는 거 알아? '내 형제들 중 가장 보잘 것 없는 사람에게 한 것이 곧 내게 한 것이다.'"

"와! 엄마 그걸 외우고 있어? 대단한데."

"아니, 그 말씀만 다행히 기억나네. 암튼 축하해. 오늘 기분 좋은 일을 할 수 있게 돼서~"

우리는 아니, 내 딸과 나는 이런 마구잡이 말들을 주고 받으며 1시간을 보낸다. 오늘도 빨강 스웨터 때문인지 예쁘다는 칭찬을 받았으니 나도 기분좋게 운동하러 가야겠다.

아버지가 주신 보너스

모처럼 바쁜 일상에서 벗어나게 됐다. 24시간을 내 맘대로 활용하게 된 것이다. 시간의 주인이 온전히 나라는 것이 꿈만 같다. 내게 주어진 이 시간을 어떻게 써야 할지 생각만 해도 벅차다. '시간 부자라는 것이 바로 이런 것이구나.' 시간 부자가 금전 부자 이상으로 마음을 뿌듯하게 한다더니 과연 그렇다. 만족감에 젖어 제일 먼저 무엇을 할까 궁리해본다.

퇴직하고 3년, 아버지 병수발에 올인했던 그 시간들이 먼 나라 얘기 같다. 특별히 효녀라서가 아니라 그렇게밖에 할 수 없고, 또 그렇게 하는 것이 당연하다는 아주 평범한 마음이 작용했을 뿐이다.

어머니 가시고 1년을 꿋꿋하게 버티셨던 아버지가 조금씩 무너지기 시작했고, 거기에 보태서 나까지 건강에 적신호가

오면서 40년 직장생활을 접게 됐다.

　가족이라고는 나와 아버지 내 딸, 이렇게 세 식구. 어머니가 빠진 가족구성원 속의 나라는 존재는 그야말로 허허벌판에 내동댕이쳐진 빗자루 신세다. 딸이 외출하고 나면 나와 아버지 둘이서만 하루를 보내야 하는데, 그 하루 시간 모두가 아버지에게 맞춰져 있다. 아버지가 허리병이 나고부터는 더했다. 그전까지는 그래도 거동이 자유로워 당신이 할 수 있는 것은 다 하셨기에 불편함이 없었는데 언젠가부터 나보다 아버지가 약한 위치에서 나만 바라보고 있는 상황이 됐다. 그때부터 시도 때도 없이 부르시면 내 방에서 아버지 방으로 쪼르르 가서 분부를 들어야 하고, 일주일에 한 번 꼴로 예약되어 있는 아버지 병원 스케줄에 맞춰 생활해야 하기 때문에 정신을 똑바로 차리고 있지 않으면 안 된다. 그래서 내 책상에 놓여 있는 달력에는 온통 아버지 스케줄로 빽빽하다. 잊어버릴까 봐 하루에도 몇 번씩 확인하고, 또 확인하지 않을 수 없고 긴장을 풀어놓을 수가 없다. 직장생활 이상으로 체크하면서 생활을 진행해야 한다. 하루에도 수십 번씩 내 방과 아버지 방을 왔다 갔다, 일어났다 앉았다 하기를 거듭하다 보면 하루해가 금방 간다. 잠잘 때도 온 신경은 아버지 방에 쏠려 있어야 한다. 부르면 건너가서 일으켜드리고, 휠체어 타는 것을 도와야만 화장실에도 가신다. 돌아가시기 몇 개월 전부터는 아예 화장실에도 가실 수가 없어 대소변 시중도 들어야 했기에 더 바쁘고 분주다사했다.

그러다가 아버지께서 하늘나라에 가신 후 지쳐 있는 나에게 24시간을 온전히 나만을 위해 쓰라고 보너스를 주셨으니 어떻게 써야 할지 계획을 짜보기로 했다.

제일 먼저 무엇이 하고 싶은지부터 생각하자. 여행이 가고 싶다. 그것도 딸과 함께하는 여행이 가장 원하는 희망사항이다. 딸도 내 마음과 통했는지 시간을 내어 여행지도 정하고, 예약도 하면서 나를 기쁘게 해주려고 애쓴다.

처음에는 경주, 다음 번에는 춘천 하면서 가까운 여행부터 실천하기로 했다. 기왕 가는 여행, 편하게 가고 싶다. 숙박도 고급 호텔에서, 음식도 그 고장에서 제일 맛있다는 맛집을 찾아가 먹고, 걷거나 버스를 타기보다는 택시로 이동하고 싶은 이 마음이 뭘까? 나를 위해 그 정도 보상은 받고 싶은 것일까?

"그동안 수고했다." 하고 아버지가 내 등을 도닥거려주실 것만 같다. 이 여행은 아버지에게서 받는 특별 보너스니까 기왕이면 고급 여행을 하고 싶은가 보다. 거기에 맞춰 딸도 신나게 스케줄을 짜고 여행 짐을 꾸렸다. 그러고 보니 나는 아버지에게서 여행 보너스를 두 번째 받는 셈이다.

내가 고등학교 2학년 때 나는 난생처음 아버지에게서 여행 보너스를 받았다. 그때의 추억이 수채화처럼 펼쳐진다.

무작정 떠나고 싶었던 기차 여행, 그것도 온갖 부류의 사람들이 섞여 북적대는 삼등열차를 타고 어디론가 가고 싶어 아버지를 졸랐다. 그렇게 엉뚱한 짓을 좋아하는 유난스런 딸의 돌발적인 행동에 호응을 해주시던 아버지다. 나는 비교적 아버지와 대화를 많이 하며 자랐다.

"아버지, 나 혼자 기차 타고 어디론가 가보고 싶어요. 가다가 낯선 곳에 내려 발길 닿는 대로 가보고 싶은 것이 소원이에요. 밤차를 타고 싶어요. 고급 칸 말고 삼등칸이었으면 좋겠어요." 밥상머리에서 던진 내 말이다.

어느 여름, 방학식을 하고 온 내게 퇴근하고 오신 아버지께서 불쑥 뭔가를 주신다. 기차표다. 청량리역에서 타는 삼등열차표. 목적지는 안동이라고 찍혀 있었다.

나는 좋아서 펄쩍펄쩍 뛰었다. 소원을 이루게 된 것이다.

"안동까지 가는 기차표니까 어디 한번 혼자 가봐. 안동에 도착하면 내가 적어준 아저씨 댁에 전화해서 며칠 놀다 와."

나는 꿈인가 생신가 했다. 이제 뭔가 새로운 경험을 하게 된 것이다. 밤차를 타고 싶다는 딸의 마음을 고스란히 받아주신 아버지가 정말 고마웠다. 열일곱 살밖에 안 된 미성년인 딸을 낯선 곳에 밤차를 태워 보내는 아버지나 그런 여행을 하겠다고 조르는 딸이나 장단이 척척 맞는 부녀다. 밤차를 타면 통행금지 해제도 안 된 시간에 낯선 곳에 도착한다는 것을 아버지는 몰랐을까? 새벽 3시경에 안동역에 도착했을 때의 황당함이라니…. 그야말로 첫 경험이 시작되었다. '혼자 떠나는 여행이 바로 이런 것이구나.' 하는 쾌감은 잠깐, "여관 있어요!" 하면서 다가오는 소년에게 놀라 나는 얼른 근처 구멍가게로 몸을 피했다. 가게 문은 열려있는데 들여다보니 마루에 온 가족이 곤히 잠들어 있는 상태다. "저, 아무도 없어요?" 기어들어가는 목소리로 주인을 깨웠다.

"뭘 드릴까예?" 심한 사투리가 낯설고, 부스스한 가게 주인의 모습도 낯설다. 어디서 그런 용기가 났을까? 나는 가게 주인에게 부탁을 했다.

"아직 동이 트지 않아서 그러는데 통행금지 해제될 때까지만 여기서 좀 기다리면 안 될까요?"

인심 좋은 아저씨는 그러라고 하며 다시 쓰러져 잠을 잔다.

나는 그 가게 툇마루에 앉아 2시간 이상을 기다렸다. 환하게 동이 트면서 안동역 근처의 집들이 하나하나 살아났다. 내가 알고 있는 상식으로는 고풍스런 시골마을이 펼쳐져야 하는데 질서 없이 걸려 있는 미장원, 음식집 간판만 눈에 들어온다. 나는 잠이 깬 가게 아저씨에게 고맙다는 인사를 하고 물었다.

"안동에서 가볼 만한 곳이 어딘지 좀 가르쳐주세요."

"글쎄, 류성룡 선비의 고택이나 가보시던지, 여기서 한참 가야 하니까 택시 타고 데려다 달라고 하쇼."

막연했지만 나는 아저씨 말대로 그렇게 했다. 배가 몹시 고파도 혼자서 식당 들어가는 것이 쑥스러워 꼬르륵거리는 배를 안은 채 고택 순례를 했다. 전통 한옥의 멋스러움에 취해 조선

시대 선비였던 류성룡 형제에 대해 메모도 하고, 그분들의 업적을 되새기기도 하면서 시간을 보냈다.

근처에는 크고 작은 한옥의 초가집도, 기와집도 많아 선비도시, 양반도시라는 것이 아쉬움 없이 읽혀졌다. 하지만 마냥 이곳에 있을 수만은 없다. 배도 고프고…. 막상 발길 닿는 대로 가려 해도 혼자서 엄두가 나지 않는다. 무엇보다 겁이 났다. 낯선 곳에서의 여행은 환상에 불과하다는 것을 비로소 알게 된 것이다. 현실은 배고픈 것을 빨리 해결하고 싶고, 아는 사람을 만나 안내를 받고 싶을 뿐이다.

나는 공중전화기를 찾아 전화를 했다. 아저씨는 기다렸다는 듯이 반기며 나를 극진히 대접했다. 맛있는 밥상은 물론 편한 잠자리가 나를 안심시켰다. 역시 막연한 고생보다는 편하고 걱정 없는 시간들이 행복감을 준다는 것을 어렴풋이 알게 한 여행이었다.

그 여행을 생각하니 아버지 생각이 더 난다. 딸이 원하는 것이면 위험을 무릅쓰고라도 경험해보게 했던 그런 커다란 아버지가 약한 모습, 작아진 모습으로 쑥스러운 미소를 지으면서 내 손길을 기다리시던 그때가 자꾸 떠오른다.

처음 대소변을 가리지 못해 일을 저지르셨을 때, 가슴이 쿵 내려앉으며 머리가 하얘졌다.

'어쩌지?' 당황했지만 아버지 앞에 침착성을 보이면서 기도했다. '주님, 도와주세요.' 뜻밖에 내 손길은 익숙하게 움직였고, 더럽다는 생각이 들지 않았다. 주님이 함께하시며 나를 돕고 있는 것이 분명했다. 그러지 않고는 내가 이렇게 침착하게 잘할 수가 없다. 아이 하나만 길렀고, 그것도 어머니의 도움으로 키웠기 때문에 아이 오줌, 똥을 치우고, 똥꼬를 닦아주고, 기저귀를 갈아주는 작업은 서툰 편이다. 동생도 하나밖에 없으니 동생의 기저귀를 갈아줬을 리도 없고…. 그런 내가 아무 거리낌 없이 익숙한 솜씨로 아버지의 기저귀를 갈아드리고 있다. 그리고 기특한 생각까지 드는 것은 또 뭐지? '그래, 나도 아기 적에 엄마, 아버지가 이렇게 기저귀를 갈아 채워주셨을 거야. 그러니 이제 내가 할 차례네.' 이런 신통한 생각이 들다니…. 이것이 순환의 법칙인가. '주님, 감사합니다.' 기도와 함께 이제부터 내가 아버지를 돌보겠다는 결심이 확고해졌고, 할 수 있을 거라는 용기가 불끈 솟았다.

그날 이후 3개월을 새벽, 아침, 낮, 저녁 하루에 네 번씩 대소변 수발드는 것으로 하루를 보냈다. 거듭할수록 내 손놀림은 부드러워졌고, 깨끗하게 닦아드리고 난 후 분 발라 부채질로 마무리, 보송보송한 기저귀로 갈아 채워드리고 나면 기분이 개운해지고 아버지도 "수고했다."라는 말 대신 빙그레 미소를 지어주셨다.

그런 아버지가 내게 보너스를 주신 여행이다.

"네가 좋아하는 것을 즐길 수 있는 여유를 누리게 해줄게. 구애받지 말고 마음대로 해보렴."

그래서인가. 지난 가을에는 미국에 있는 동생 내외를 불러 딸과 넷이서 소원이던 제주도 여행도 다녀왔고, 올봄에는 딸이 통영에 가자고 한다. 내친 김에 여름에는 안동에도 한 번 더 가보고 싶다. LA 동생네도 가봤으면 좋겠다. 동생이 미국 간 지 40년이 되도록 한 번밖에 가보지 못했으니 아버지가 또 내게 여행 보너스를 주실 것 같다.

맘먹고 떠난 동생 집 나들이

얼마만의 미국행인가? 동생이 이민 간 지 벌써 41년째다. 그동안 난 동생 집을 한 번밖에 가지 못했다. 그것도 출장길에 잠깐 들러 하룻밤 자고 온 것이 고작이다. 나의 모자란 주변머리와 게으름이 원인이겠지만 난 바쁘다는 핑계로 나의 부족함을 얼버무린다. 일이 늘 우선 순위였던 나는 내 개인을 위해 여행 시간을 만든다는 걸 용납하지 않았다. 그런데 오늘 난 오로지 동생 집 방문만을 위해 일정을 짜게 되니 가슴 벅찬 여행이다.

내가 가는 지역은 동생이 새로 이사했다는 라스베이거스 가는 길목에 있는 낯선 곳이다. LA 공항에서 차로 2시간 거리인 이곳은 빅터밸리 칼리지가 위치한 마을로 스프링밸리라는 한가한 전원마을이다. 호수가 있고 골프장이 있고 평야가 펼쳐진 이곳은 한마디로 평화롭다. 미국 사람들도 나이를 먹거나 은퇴를 하면 삶의 터전을 조용한 전원으로 옮기는 것이 노후희망이라고 하던데 동생네도 그래서 이사를 했나 보다.

워낙 땅덩이가 넓은 나라여서인지 한 주택이 차지하는 대지가 꽤나 넓다. 집집마다 앞뜰 뒤뜰이 아름답게 가꿔져 있고 아름드리 나무들이 두세 그루씩 집 앞에 서 있어 전원 분위기가 풍긴다. 차고로 들어가는 널찍한 시멘트 길도 집 구조의 일부가 되어 주택의 완성미를 갖춰준다. 그것이 미국 주택의 특징인가 보다. 마치 차고가 집 구조의 주인공 같은 생각이 들 정도로 차고가 차지하는 비중이 크다.

동생네는 그 차고를 제부의 작업실로 사용하고 있었다. 수십 년을 그림만 그려온 전업 화가답게 그만의 독특한 화풍인 나무 위에 그림을 그리고 그 그림을 샌드페이퍼로 갈고 다듬어 마치 대리석처럼 만드는 작업인데, 작업실의 분위기가 마치 목공소 같다. 그의 그림 주제는 'Geo(지오)', 우주라고 한다. 나야 그림의 세계를 잘 모르지만 LA에서는 꽤나 알려진 원로 화가다.

반면 뒤뜰에 만들어놓은 동생의 작업실은 여류화가의 작업실답게 정리되고 그림 그리기 편리하게 잘 꾸며져 있다. 아침 식사 후 각자 작업대에 앉으면 점심시간이나 돼야 자리에서 일어서고 점심시간이 끝나면 다시 작업실로 직행, 저녁 먹을 시간이 돼야 하루 일정을 마친다고 한다. 그동안 얼마나 그림을 많이 그렸는지 차곡차곡 쌓인 그림이 어마어마

하다. 언제라도 갤러리에서 요청이 오면 수백 작품까지 내놓을 수 있을 정도로 준비된 그들의 엄청난 작업량과 열정이 감탄스럽다.

다행히 오늘이 동생 내외 그림 전시회 날이다. 내가 동생 집에 있는 동안 관람할 수 있게 되어 기분이 좋다. 전시장에 들어가니 관장과 다른 화가들이 반색을 하며 인사를 한다.

"하나밖에 없는 우리 언니예요."

"어머, 그러세요? 전시횐 줄 알고 오셨어요?"

"아뇨. 뜻밖에 전시회를 볼 수 있어 행운이네요."

"좋겠어요. 동생 분이 요즘 가장 뜨는 화가랍니다."

누군가 듣기 좋은 말로 내 어깨를 으쓱하게 해준다.

전시장을 둘러보니 동생 그림과 제부 그림이 시선에 잡히면서 나는 또 한 번 충격을 받는다. 대단한 작품이다. 그들의 수고와 열정이 한눈에 읽혀져 가슴 뭉클하다. 시간이 흐를수록 관람객들이 꾸역꾸역 몰려든다. LA 문화인들이 다 모이는 것 같다. 신문기자, 학생들, 화가들, 다른 분야 예술인들도 그림을 보면서 감탄하기에 바쁘다. 그동안의 삶이 헛되지 않았음을 실감하는 순간이다. 그동안 이들이 얼마나 열심히 살았는지 알 수 있을 것 같다. 지금이 있기까지 둘이서 얼마나 치열하게 살았을까를 생각하니 가슴이 찡하다. 낯선 이국땅에서 그림만 그리며 산다는 게 얼마나 어려운 일인지 경험하지 않은 사람들은 모를 것이다. 둘의 열정과 끈기가 아니었으면 이루어낼 수 없는 오늘이다.

　나에게는 하나밖에 없는 동생. 우리는 비둘기처럼 사이좋게 자랐다. 서로가 서로의 존재를 인정하며 언니는 언니답게 동생은 동생답게 양보하고 다독이며 살았다. 주변 사람들이 그런 우리를 비둘기 같다고 했다. 여느 형제들처럼 티격태격해본 적이 없는 것 같다. 자랄 때 동생은 몸이 약해 엄마가 유난히 챙겼던 생각이 난다. 엄마의 명령으로 난 동생을 어디를 가든 데리고 다녀야 했고, 동생도 언니 가는 곳이면 어디든 따라간다고 떼를 써서 나를 꼼짝 못하게 했다. 심지어는 나의 소풍날도 데려갔고 여름방학 뚝섬으로 친구들과 수영하러 간다고 약속한 그날도 동생을 데리고 간다는 조건으로 허락을 받아냈다. 그렇게 언니 꽁무니를 졸졸 따라다니던 동생이 이역만리 타국 땅으로 신랑을 따라간다고 했을 때 얼마나 놀랐는지 모른다. 김포공항에서 우리 집까지 돌아오면서 꺼이꺼이 흑흑 흐느껴 울었던 기억이 아직도 생생하다. 그랬던 동생이 지금 어엿한 여류화가로 우뚝 서서 미국에서 자리매김을 확실히 하고 있다. 가끔 서울에 와서 전시회를 열곤 하지만 미국에서 전시회를 감상하는 것이 내게는 더 뜻이 깊다.

　이번 여행은 내게 큰 의미가 있다. 오랜만에 동생과 정담을 여유 있게 나누는 것도 좋고 동생 온기를 피부로 느끼게 되어 기분 좋다. 어려서부터 별로 말이 없는 내 동생, 하지만 속정이 깊고 따뜻하고 온순한 내 동생, 그 동생이 가까이 있으니 얼마나 행복한지 모른다. 집에 혼자 있는 딸이 걱정되어 한국으로 빨리 돌아가고 싶은 생각이 드는 것도 어쩔 수 없는 내 맘이지만 동생과 정을 맘껏 나누고 싶은 것도 숨길 수 없는 내 맘이다.

한 부모의 DNA를 받고 이 세상에 태어난 우리 자매, 형제의 유대감은 세포분열 과정에서 보이는 나선형 모양의 꼬임처럼 그렇게 얽히고설키면서 형성되었나 보다. 그래서 정신적·심리적으로 연결고리가 만들어지고 신체의 기본조직인 세포질처럼 끈끈한 유대감으로 반죽되어 떼려야 뗄 수 없는 사랑으로 엮이나 보다.

삼국지에 나오는 조조의 아들 조식의 시 한 편이 생각난다. 조식의 형 조비가 조식을 죽일 심산으로 문초를 하는데 일곱 걸음(칠보) 안에 자기들 형제에 관한 시를 지으라고 했단다. 주어진 시간 안에 시를 짓지 못하면 일곱 발자국을 지나는 동안 죽이겠다고 해서 지은 시가 '칠보의 시'라는 명문이다.

煮豆燃豆其(자두연두기) 콩을 삶는데 콩깍지로 불을 때니
豆在釜中泣(두재부중읍) 콩이 가마솥 안에서 울고 있네
本是同根生(본시동근생) 콩과 콩깍지는 한 뿌리에서 나왔는데
相煎何太急(상전하태급) 서로 들볶기에 어찌 그리 급한고

조식은 이 시를 지어 좌중을 감동시키고 목숨을 연명할 수 있었다는 얘기다. 형제자매란 이런 것이 아닐까? 콩과 콩깍지처럼 한 몸에서 나서 아파도 같이 아프고 기뻐도 같이 기쁜 존재임을 새삼 느낀다.

오늘, 동생 내외의 그림 전시를 보면서 괜히 내가 우쭐해지고 흐뭇하고 기분 좋은 것은 우리 자매가 콩과 콩깍지이기 때문이 아닌가 싶다.

다리가 아프도록 오랜 시간 서서 관객들의 표정과 코멘트를 놓치지 않으려고 귀기울였던 칠십 중반에 접어든 할매의 꿋꿋함이 어디서 나온 것인지 나는 안다. 멋부린다고 신고 간 하이힐이 부담스러웠어도 피곤하지 않고 즐거운 것은 동생의 돋보임이 나의 자랑이어서일 것이다.

우리 가족을 추억하며

직장생활 40여 년. 훌쩍 세월이 흘러 정년퇴직을 했지만 아직도 일을 하고 있으니 감사할 따름이다. 돌이켜보면 지금까지 내 일에 충실할 수 있었던 힘은 내 가족의 사랑과 정성이 아니었나 싶다. 가족의 희생이 아니었으면 과연 내가 직장생활을 무사히 해낼 수 있었을까.

팔순을 훨씬 넘긴 어머니, 아버지, 그리고 모든 어려움을 감수해준 나의 딸, 그들이 보여준 나를 향한 사랑과 희생은 남다르다. 모든 부모의 마음이 그렇겠지만 육십 중반에 든 딸의 끼니를 아직도 챙겨주시는 어머니, 밖에서는 어른 대접을 받고 있는 늙은 딸이 행여나 실수할까 봐 아직까지 이것저것 챙겨주시고 격려 말씀을 수시로 해주시는 아버지, 그리고 제 할 일을 꿋꿋하고 멋지게 해내는 나의 딸, 그들을 끔찍하게 사랑하면서도 아무것도 해주지 못하는 나, 이 구성원이 꽁꽁 한 보따리에 싸여 이 세상을 굴러가고 있다. 모두가 너무 소중해서 누구 하나 빠져나간다는 것은 상상도 하기 싫고 하지도 않는다. 그래서 내 가족은 소박하지만 작은 것에서 기쁨을 찾고 그것으로 인해 깔깔대며 서로 보듬고 위로한다.

가족 모두 제 나름의 역할에 충실한 우리 가족의 모습을 다른 이들은 '화목'이라고 말한다. 그런 영광의 명칭을 얻게 된 것은 가족 모두가 자기 자리를 제 맘대로 정해놓고 그 자리를 지키려는 노력 때문이다.

할머니라는 명칭 대신 '어머니'의 자리와 역할을 변함없이 지켜오는 우리 엄마, 할아버지라는 위치 대신 '아버지' 역할에 한 치의 양보도 없는 우리 아버지, 딸의 역할보다 손녀의 자격을 더 좋아하는 나의 딸, 엄마라는 칭호보다 우리 아버지, 어머니의 딸이라는 자리를 끊임없이 버티고 있는 나, 이런 엉터리 자리매김을 제멋대로 고수하면서 우리 가족은 행복을 지킨다.

모두가 '내가 없으면 안 된다'는 자존감이 우리 가족을 화목하게 만드는 핵심이다. 남들이 주제파악을 못한다고 흉을 봐도 우리 가족은 그 룰을 지키는 데 당당하고 떳떳하며 충실하다. 그것이 각자의 자긍심이다.

혹자는 부모님을 모시는 딸이라고 내게 칭찬을 해주지만 그것은 우리 가족을 모르고 하는 말이다. 부모님이 나를 돌봐준다는 표현이 오히려 맞다. 팔십 중반의 우리 어머니는 아직도 맛난 음식을 만들어 우리 가족 먹이는 것을 즐거워하시고 아직도 바느질과 뜨개질을 해서 우리 가족에게 입히신다. 뉴욕에서 첨단교육을 받고 있는 손녀딸의 패션 멘토이기도 하다. 손녀딸과 장단이 잘 맞는 우리 어머니는 신이 나서 손녀딸이 원하는 것은 뭐든지 만들고 뜨개질을 해서 뉴욕으로 보내신다. 손녀딸은 즉시 할머니의 어깨가 들썩하도록 강한 멘트로 할머니를 붕붕 띄운다.

"할머니, 너무 멋져! 입고 나갔더니 지나가는 미국인들이 '비유티풀' 하고 칭찬해줘!"

이렇게 해서 할머니와 손녀딸은 한 팀이 되어 행복을 놓치지 않고 거머쥔다.

우리 아버지도 마찬가지다. 30여 년 넘게 새벽 6시 운동을 거르지 않고 사이클을 타고 달리는 모습을 누가 노인이라 할 것인가? 스스로 노인이라는 사실을 거부하시는 아버지는 집 안의 남자 역할, 말하자면 화분 옮기기, 마당 쓸기, 개 돌보기 등을 모두 맡아 하신다. 우리 집에 감나무가 한 그루 있는데 가을철 감 따기는 젊은이들도 무서워하고 마다하지만 우리 아버지는 해마다 사다리를 타고 올라가 감을 따신다. 너무 걱정되어 말리기를 수 년, 다행히 우리가 단골로 다니는 야채가게 아저씨가 작년부터 그 일을 맡아주어 고맙기 그지없다. 이처럼 자신의 역할에 충실한 우리 가족들의 자존감이 지금의 나를 지켜주는 버팀목이다.

우리 집 일요일 아침 정경은 10년 넘게 습관처럼 변함없이 펼쳐지는 한 토막 리얼 시트콤이다.

새벽 5시쯤 되면 거실에서 살금살금 조심스런 슬리퍼 소리가 들린다. 그다음 욕실에서 물 내리는 소리가 들리고 잠시 후 머리 감고 세수를 끝낸 어머니가 다시 살금살금 슬리퍼 끄는 소리를 내며 안방으로 들어가신 후 30분쯤 기도 시간을 갖고 조용히 나와 소파에 앉아 내가 자고 있는 방을 바라보신다. 딸이 깨기를 기다리는 것이다. 알아서 벌떡 일어나 준비를 하면 어머니의 얼굴에 화색이 돌며 기뻐하시는 모습이 역력하다. 근데 눈치 없이 잠에서 깨지 못한다든지 짜증 섞인 소리를 조금이라도 내면 아무 말씀 없이 대문을 열고 밖으로 나가신다. 이크!! 하고 벌떡 일어나 세수도 안 하고 차에 시동을 걸고 쫓아가다 보면 엄마는 이미 성당을 향해 꽤 많은 걸음을 걸어가신 후다. 적당한 자리에 차를 세우고 엄마를 찾아 손을 잡고 가방을 빼앗으면, "뭐하러 와? 더 자지. 난 찬찬히 걸어가면 되는데…."

무슨 천부당만부당한 소리, 내가 차를 왜 샀는데…. 내 차의 주인은 엄마임을 왜 모르실까?

"조금만 더 기다리시지. 내가 알아서 모셔다 드릴 텐데. 안 일어나면 깨우시든지…."

"피곤한데 더 자지."

나를 향한 엄마의 마음은 항상 이렇다.

영세 받으신 후 하루도 빠짐없이 새벽 미사를 보시는 엄마의 지극정성이 우리 가족을 지키는 지킴이임을 나는 진작부터 알고 있다.

새벽 미사가 끝나면 우리는 곧바로 아버지가 운동하고 계신 서오릉으로 향한다. 우리가 도착하면 커피 한 잔을 뽑아 딸에게 서비스하시는 우리 아버지. 새벽잠을 설치고 당신을 모시러 온 딸에게 고맙다는 인사를 그렇게 하신다. 우리 아버지는 그렇게 멋지다.

커피 한 잔에 신바람이 난 나는 그때부터 소풍길이다.

"아버지, 목욕 가요."

우리가 가는 곳은 거기에서 멀리 떨어진 시골 목욕탕.

시골길을 달리고 싶어 굳이 그곳을 택했다. 목욕을 놀이라고 생각하면 즐거운 일상이 된다. 창문을 열어놓으면 단 공기가 코끝을 스친다. 사계절의 변화를 그 길에서 느낀다.

목욕이 끝나면 대충 이른 점심 시간이다.

"오늘은 뭘 먹지? 아버지 어디로 가죠?"

나는 아버지에게 꼭 묻는다.

"가까운 데로 가자."

딸의 운전이 늘 안쓰러운 아버지는 내가 자신 있게 운전할 수 있는 곳을 택한다.

식당이 정해지면 자리에 앉자마자 내게 묻는 아버지. 그 웃음이 인자하다.

"한잔 할래?"

가볍게 반주를 즐기시는 아버지가 따라주는 한 잔을 마다 않고 받아 마시는 그 행복감, 그 즐거움이 나를 지탱해주는 윤활유다. 작은 것에서 행복을 맛볼 수 있는 계기를 선물해준 분이 나의 아버지다.

이제는 성인이 된 내 딸에게 한번 물어봤다.

"다른 엄마처럼 너를 일일이 돌봐주지 못한 엄마에게 불만 없어?"

"할머니가 다 해주셨는데 뭘!"

슬쩍 대답을 피한다. 왜 없었을까? 쓸쓸할 때가 많았겠지. 초등학교 1학년 때였나 보다. 그날 모처럼 회사에서 쉬는 날이었다. 학교에서 돌아온 딸이 부엌에서 앞치마를 두르고 무언가를 하는 나를 보더니 감격해서 뒤에서 나를 끌어안는다.

"엄마, 앞치마 입으니까 너무 예쁘다. 매일 이랬으면 좋겠다."

콧등이 찡해왔다. '참고 있었구나. 제 감정을…' 그때 잠깐 갈등이 생겼지만 다음 날 아침 나는 아무 일도 없었다는 듯이 다시 출근을 했고, 내 일에 충실했다. 순간순간 아이가 안됐다는 생각을 하면서도 세월이 흘러갔고, 아이가 4학년쯤 되었을까. 어느 날 퇴근하고 돌아온 나에게 던진 아이의 한마디.

"엄마, 나는 엄마가 자랑스러워."

"왜?"

의아해하는 나에게 아이는 기분 좋은 듯 조잘댄다.

"오늘 사회 시간에 일하는 엄마에 대해 배웠는데 선생님께서 엄마 얘기를 아이들에게 해주셨어, 가족들을 위해 집에서 살림을 하는 엄마도 훌륭하지만 밖에서 일하시는 엄마도 훌륭하다고."

아이가 위로를 받았나 보다. 그동안 친구들 엄마와 다른 엄마에 대해 불만이 가득하다가 그날 선생님의 말씀이 아이를 우쭐하게 했나 보다.

그렇게 수십 년이 흘렀다. 결국 나를 지탱하게 해준 뿌리가 가족의 희생과 사랑이었음을 이제야 알 것 같다.

어머니 아버지 살아 계실 때 우리 가족의 살아가는 모습을 담은 글이다. 그 추억이 소중하여 버리지 않고 두었다가 이번 책에 싣기로 정하고 나니 그리움이 더욱 사무친다.

양보하고 사랑하며 성실하게 살라고 몸소 보여주셨던 부모님의 모습이 내 삶의 본보기였음을 이제야 알 것 같다. 작은 일에 기뻐하고 내가 가진 것만큼 만족할 줄 아는 검소한 생활 태도가 알게 모르게 내 맘에 스며들어 내 삶도 부모님을 닮은 듯하여 감사하고 또 감사한다.

3장
그때 그 시절

지나간 시절이 아름다운 것은

추억이라는 주머니에

기억하고 싶은 것들만 골라 담아두었기 때문이다.

몇 가지 얘기를 꺼내다 보니

부끄럽기도 하고 그립기도 하다.

하지만 그렇게 살았기에

떳떳하고 책임완수를 한 듯하여

홀가분한 기분이 들기도 한다.

착하고 정직한 마음은 하늘도 움직인다고 했듯이

넘어질 것을 두려워하지 않았던

우리 세대의 용기와 인내가

사랑하는 후배들에게

든든한 버팀목이 되었으면 좋겠다.

목단꽃과 누룽지

마당에 검자주색 목단꽃이 탐스럽게 피기 시작하면 난 엄마 생각을 많이 한다. 목단꽃을 유난히 좋아했던 우리 엄마, 정원 가득 그 꽃을 심어놓고 해마다 수십 송이씩 달리는 그 꽃을 흐뭇하게 바라보며 어루만지던 그 눈길과 손길이 그립다. 그와 함께 떠오르는 아스라한 기억 하나. 지금부터 70년 전, 정확하게 내가 아홉 살, 초등학교 3학년 때 6.25 전쟁이 일어났다. 그 전쟁의 와중에서 아버지는 군속으로 발령을 받아 군부대로 가셨고 젊은 우리 엄마(30세)와 나, 다섯 살박이 동생은 피난을 갔다. 엄마의 큰아버지 댁 지금의 분당(그때는 첩첩산중 깡시골이었다)으로 전쟁을 피해 숨으러 간 것이다. 집을 지키겠다는 우리 할머니의 고집을 꺾지 못해 할 수 없이 할머니와 헤어져야 했던 그 기억도 생생하게 남아 있다.

피난길은 달콤했다. 할머니와 떨어진다는 그 사실만 싫었지, 엄마와 나, 동생은 놀이하듯 소꿉장난하듯 피난길을 즐겼다. 엄마의 친정 큰아버지께서 소달구지를 보내주셨기 때문이다. 방처럼 꾸며진 그것을 타고 우리는 덜컹덜컹 흔들리는 리듬을 즐겼고, 엄마의 따뜻한 품 안에 보호받고 있다는 그것도 즐거움이었다. 그 달콤한 기억도 아련하게 내 맘 안에 멈춰있다.

그 마을은 아주 평화로운 마을로 서울에 전쟁이 일어났다는 사실조차 모르고 농사도 짓고, 빨래도 하고, 밥도 지어 먹고, 아이들은 딱지치기, 자치기도 하면서 그렇게 살고 있었다.

우리를 맞이한 할아버지는 마치 손님을 대하듯 서울내기 우리들을 반가워하면서 아이들을 모아놓고 전쟁에 관해 설명을 해주셨다.

우리나라가 남북으로 갈라져 북쪽에 있는 공산주의자들이 남쪽의 민주주의를 쳐부수려고 전쟁을 일으켰다고 했다. 공산주의가 뭐고 민주주의가 뭔지 모르지만 나는 막연하게 공산주의는 나쁜 것이고 민주주의는 좋은 것이라는 개념만 맘에 새기고 어떻게 해서든지 민주주의가 이겨야 한다는 그것만 확고하게 맘에 담은 채 전쟁이 끝나기를 기다렸다. 아니 서울 우리 집으로 갈 날을 기다렸다. 그래야 서울에 계신 우리 할머니를 만날 수 있고 전쟁터에 가 있는 아버지도 만나게 되니까.

내가 가장 슬픈 것은 우리 집이 아닌 남의 집에서 가족이

흩어져 사는 불안감이다. 그 불안감만 걷히면 아주아주 행복할 텐데 하는 간절함이 나를 불행한 아이처럼 만들었다.

그렇게 두어 달이나 지났을까? 평화롭던 이 마을에도 먹구름이 몰려왔다. 어느 겨울밤, 우리가 모두 잠든 사이 황토색 군복을 입은 중공군이 할아버지 댁 마당으로 몰려든 것이다. 잠자던 어른들은 모두 혼비백산이 되어 마당으로 나갔고, 아이들만 아무것도 모르는 채 잠에 빠져 있는데 나는 뭔가 이상한 낌새를 느끼고 눈을 번쩍 떴다. 깜깜절벽, 전깃불이 없는 그곳의 밤은 날이 밝기 전에는 암흑이다. 뭔가 공포감이 엄습하면서 옆을 더듬었다. 엄마가 손에 잡히질 않는다. 엄마! 소리도 크게 못 지르고 벌떡 일어나 방문 있는 방향으로 뛰어나가는데 발 밑에 뭔가 뭉클뭉클한 것이 밟힌다.

"어쿠! 어쿠!" 하는 소리도 들린다.

방문을 벌컥 열고 나가 보니 마당에 할머니, 할아버지, 아줌마, 그리고 엄마가 분주하게 움직인다. 마당에는 모닥불이 빨갛게 타오르며 주변을 밝히고 있고, 부엌에는 큰 가마솥에 밥이 끓고 있는가 하면 아줌마들은 김장독에서 김치를 꺼내 썰고 있다. 마치 잔칫날 같은 그런 분위기다. 나는 엄마 옆으로 가서 오돌오돌 떨었다. 엄마는 그런 나를 감싸 안고 내가 울까 봐 조용히 하라고 하면서 내 입을 손으로 가렸다.

날이 밝자 마당에는 멍석이 깔렸고, 큰 밥상이 여러 개 펴졌다. 그 밥상 위에는 하얀 쌀밥이 수십 그릇 놓여 있고 수북

수북하게 담긴 김장김치가 여기저기 놓여 있는가 하면 밑반찬들도 여러 개 차려져 있어 잔칫상 같다.

잠시 후 이 방 저 방에서 쏟아져 나온 황토색 군복의 중공군 아저씨들이 허겁지겁 밥상 앞으로 몰려든다. 가만히 보니 아저씨들이 아니고 오빠 같은 어린 군인들이다. 나는 신기하고 낯설어 그 군인들을 뚫어져라 쳐다보고 있는데 그중 한 중공군이 내 앞에 뭔가를 불쑥 내민다. 뭔가 살펴보니 동그랗게 뭉친 누룽지다. 노릇노릇하게 타서 먹음직스럽다. 아마 아줌마들이 밥을 다 퍼 담고 나서 솥에 붙어 있는 누룽지를 긁어 뭉쳐서 상에 놓았나 보다. 그것을 내게 준 것이다. 그들을 뚫어져라 보고 있는 내가 배고파 보인 것일까.

쭈뼛거리는 내게 엄마가 조용히 속삭인다. "받아!" 나는 주저주저하면서 그 누룽지를 받았다. 받아서 먹었는지 안 먹었는지는 기억에 없다. 하지만 오빠 같았던 그 표정과 동그란 누룽지 뭉치는 잊을 수가 없다.

그렇게 폭풍 같았던 하루가 꿈같이 지나가고 수십 명의 누런 군복 아저씨들은 어디론가 자취를 감췄다.

그 일을 치른 후 그 마을은 공포 분위기로 바뀌었다. 우선 우리 세 식구의 피난처로 할아버지 댁 머슴인 명추 할아버지가 산 속에 방공호를 파놓고 우리를 그리로 피신시켰다. 나무가 우거진 깊은 산속이어서 거기에 숨어 있으면 아무도 모른다. 우리는 할아버지의 명령에 따르기만 하면 된다. 모두들 어떻게 피신시켰는지는 모르지만 마을은 텅 비어 있고, 아침에 한 번씩 명추 할아버지가 씻은 쌀을 지게에 지고 날라다 준 기억이 생생하다. 아무튼 전시라는 것을 실감나게 느낀 몇 달이었다.

얼마의 세월이 지난 후 우리가 마을로 내려왔을 때 마을은 쑥대밭이 되어 이집 저집에서 누가 죽고 누가 부상당하고 파편이 떨어져 집이 무너졌다는 얘기들로 뒤숭숭한 가운데 전쟁이 끝났다는 소식이 마을 사람들을 기쁘게 했다. 우리 할아버지도 우리를 모아놓고 이제 공산주의가 다 물러가고 우리 국군이 이겼다고 하면서 전쟁이 끝났음을 알렸다.

근데 이상한 일이 벌어졌다. 마을에 낯선 얼굴의 미국 군인들과 피부가 검은 군인들이 왔다갔다 했다. 우리 애들은 신기해서 그들을 구경하느라고 따라다니기도 했다. 가끔 어디서 굴러왔는지 모를 맛난 검과 초콜릿, 간스매라고 하는 쇠고기 통조림의 맛을 보게 되었는데 이상한 공포 분위기가 마을을 뒤덮었다. 어른들이 여기저기서 수군댔고 특히 우리 엄마를 비롯한 할아버지 댁 엄마의 사촌동생인 아줌마들이 벌벌 떨었다. 어떤 날은 장롱 뒤에 숨기도 하고 어떤 날은 다락으로 올라가 이불을 뒤짚어 쓰고 숨기도 했다. 나는 뭔지 모르지만, 산속에 숨어있을 때의 그 공포감보다 더 무서움을 느끼면서 온몸이 오그라들었다.

그러던 어느 날, 올 것이 오고 말았다. 할아버지는 급하게 서둘러 소달구지에 가마니를 두르고 짐마차인 것처럼 꾸민 후 우리 엄마와 아줌마들을 거기에 숨겼다. 그리고 그 소달구지를 마당 한쪽에 세워놓았다. 나의 공포는 극에 달해 소리 내어 울 수도 없다. 아닌 게 아니라 미군 몇 명이 우리 할아버지 댁으로 들어왔다.

"색시 없어?" 이상한 억양으로 주절대더니 군화를 신은 채 마루로 올라와 안방 문을 열고 기웃거린다. 그러더니 한 미군이 방 안으로 들어가 우리 엄마가 가끔 숨었던 장롱 뒤를 살펴보기도 하고 다락문도 열어본다. 아찔하다. 거기 숨었으면 틀림없이 잡혔을 것이다. 그런데 우리 엄마는 지금 마당 한편에 버려진 소달구지에 숨어 있다. 콩알 같은 가슴이 두근거리는데 정신이 없다. 나는 마루 끝에 쪼그리고 앉아 소달구지 쪽만 바라보고 앉아 있었다. 눈치 빠른 미군이었으면 내 시선이 머문 곳을 들춰보면 분명 목적을 달성했겠지만 그들은 성큼성큼 이 방 저 방만 뒤져보고 뒤꼍을 한 번 살펴본 후 다음 집으로 넘어갔다. 그러면서 쪼그리고 앉은 내게 뭔가를 던져줬는데 그게 탐스러운 검자주 목단꽃이다. 나는 얼김에 그것을 받아 들었지만, 그 꽃이 예쁘다는 생각보다 징그럽다고 느끼며 꽃을 던져버렸던 것 같다. 노릇노릇 맛나게 보였던 누룽지 한 덩이, 그리고 검자주색 목단꽃. 그 두 개의 기억이 한 장면에 담겨 오버랩된다.

말띠 여대생

나는 1942년생 말띠 여대생이다. 말띠 여대생이라는 영화가 1963년에 만들어졌으니까 내가 여대생일 때 그 영화가 국제극장에 걸렸다. 우리들은 너나없이 우~ 몰려가 그 영화를 보고 그 영화에 등장하는 주인공이 마치 자기들인 양 우쭐한 기분으로 거리를 활보했다. 여대생들이 몰려가는 곳은 으레 명동 아니면 종로1가 영안빌딩 4층 '르네상스'라는 음악감상실이다. 물론 '쎄시봉'이라는 팝송을 주로 들려주는 음악감상실을 좋아하는 친구들도 있었지만 나와 가까운 친구들은 클래식 음악 팬들이었다. 수업이 없는 날은 대개 거기 가서 죽치고 앉아 음악을 들었다. 해질녘이 되면 근처 한식집에서 불고기 굽는 냄새가 올라오는데 배에서 꼬르륵 소리가 나도 꼼짝 않고 견디며 음악을 들었다. 지금 생각하면 웃기는 일이다. 음악을 들으면 밥이 나와, 떡이 나와? 어른들이 보면 한심한 짓들을 특권인 양 즐겼던 그 시절이 아름답다. 그런 시간이 있었기에 꿈을 키웠고 그 꿈을 실현하려고 무던히도 애쓴 세월이 값지게 반짝인다. 배고프고 초라한 모습이 미덕이듯 어깨 펴고 활보하던 시절이다. 윤택하고 번지르르한 삶은 부르주아적이라고 은근히 폄하하던 그때, 우리 말띠들은 적극적으로 인생을 개척하고 부지런히 뛰고 뛰어야 한다고 알게 모르게 세뇌되었다. '말띠는 일을 해야 한다. 말띠는 부지런해야 한다. 말띠는 앞서가야 한다, 말띠는 끊임없이 뛰어야 한다'는 개념을 안고 세상에 뛰어 들었던 그 시절. 그래서인가? 나는 지금까지도 일에서 발을 빼지 않고 한 발 담근 채 주춤거리고 있다. 일할 때가 즐거운 것은 천성인가.

나는 어제도 30여 년 동안 몸담았던 회사에 나갔다. 사무실 책상에 앉아 이 책 저 책 손때 묻은 책들을 만지다가 기가 펄펄 살아있던 그 옛날이 스치면서 한 청년이 기억에서 살아난다. 쌍꺼풀이 유난히 짙은 키가 큰 미술부 청년이다. 그 청년은 바로 내 앞에 앉아 등으로 내게 저항을 하고 있었다. 그 청년 말고 미술부 인원이 세 사람 더 있었는데 그 청년이 그들을 감독했다.

그때나 지금이나 편집과 미술은 한 팀으로 이루어져 그들의 도움이 있어야 편집이 완성된다. 내 입장에서는 편집기자들을 통솔하기보다 그들을 컨트롤하기가 더 힘들었다. 그들은 이상하게 개성이 강해선지 수틀리면 보따리를 싸는 게 다반사였다. 미술작업은 감각을 요구하는 일이기도 해서 내가 어떻게 대신할 수가 없는 작업이라는 게 늘 문제였다. 청탁하고 작가 만나고 원고 쓰고 하는 일은 기자들이 없으면 나라도 대신할 수 있지만 감각을 필요로 하는 미술부 일이나 촬영을 해야 하는 사진부 일은 그들의 도움이 있어야 마무리 작업을 할 수 있었다. 그래서 그들의 맘을 상하지 않게 하려고 전전긍긍하는 것이 데스크의 몫이었다. 인간적으로 맘에 들지 않아도 난 가끔 그 청년에게 술도 사주고 밥도 사주고 퇴근 후 집까지 차로 바래다주기도 하면서 그 청년과 가까워지려고 했다. 그 청년도 그런 내가 싫지 않은지 실실 웃으며 내게 호감을 표시해서 나는 그 청년을 믿었다.

난 일에 빠지면 이성을 잃을 정도로 그 일에 매달린다. 마감을 지켜야 한다는 절대 절명의 철칙이 나와 호흡을 맞추는 멤버들에게 스트레스였을 수는 있으나 적어도 책을 만드는 사람은 쟁이 근성과 장인 정신이 있어야 한다는 게 나의 자존심이고 살아가는 방법의 근원이요 철학이었다.

그날도 마감을 몇 시간 앞둔 퇴근 무렵이다. 미술팀에서 마지막 손질을 해서 넘겨주기를 기다리고 있는데 좀처럼 대지(책 모양대로 판을 짜서 사진과 글을 배치한 판)가 넘어오지를 않는다. 재촉하는 내 맘은 조바심이 나고…. 근데 이게 웬일. 마무리 작업을 해야 할 청년이 일을 끝내지 않고 주섬

주섬 퇴근 준비를 한다.

"뭐예요?"

"퇴근하려고요."

"뭐요? 지금 미술에서 넘어오기만 기다리는 거 몰라요?"

"내일 넘기죠. 꼭 오늘 넘겨야 합니까?"

그러더니 자기 앞에 앉아 있는 미술부 팀원들을 몰고 나가려고 한다. 온몸의 피가 목청으로 올라온 듯 벌겋게 닳아 오른 나는 그 넓은 사무실이 들썩할 정도로 소리를 질렀다. 그때 우리 회사는 전 직원 70여 명이 부서별로 자리가 배치되어 큰 빌딩의 한 층 전체를 쓰고 있었기 때문에 고개만 들면 다른 부서 직원들도 한눈에 들어왔다.

"지금 퇴근한다는 게 말이 돼요? 제판실(인쇄 전 단계로 필름 작업을 하는 곳)에서 아까부터 와서 기다리는 거 안 보여요?"

"꼭 오늘 넘겨야 합니까? 퇴근 시간은 지켜야죠."

이 무슨 억지인가? 출판사, 잡지사의 생명은 마감이다. 그 마감을 지키려고 허구헌 날 야근을 하는 나다. 그 야근이 나의 일상이기도 했다. 몸에 밴 야근 습성이 체질이 된 데스크가 지겨웠겠지. 그것을 보아 넘길 내가 아니다. 도저히 용납할 수가 없다.

"여기가 공무원들이 근무하는 곳인 줄 알아요? 시간 됐다고 셔터 내리게?"

나는 분을 참지 못해 고함을 질렀다. 그 소리에 놀란 회사의 전 직원들의 시선이 일제히 우리 쪽을 향했다는 뒷얘기를 나중에 들었다. 사장실, 부사장실에서도 임원들이 나와 나를 바라보고 있었다는 후문이다.

퇴근하려던 자세에서 엉거주춤해진 청년은 도로 주저앉았지만 마무리 작업을 할 생각을 안 한다. 그 꼴을 그대로 보아넘길 내가 아니다.

"가세요. 내가 할 테니…."

그 청년 앞에 쌓여 있는 대지를 집어왔다. 그리고 그 청년을 내몰았다. 그 청년이 내몰리니 그 밑에 미술부 멤버들도 주섬주섬 가방을 챙겨 들고 나간다. 나는 대지를 펼쳐놓고 미술부에서 할 일을 내가 하기 시작했다. 못 할 게 뭐람. 그때의 그 자신감과 오기와 자부심…. 그리고 사명감 내지 자긍심이 말띠 근성인지는 몰라도 나는 책 만드는 일에 그렇게 빠져 있었다. 그런 내가 싫지 않았다. 마치 장인이나 되는 듯 신들린 것처럼 책을 만들어냈다.

미술부에서 마무리했더라면 1~2시간이면 해냈을 일을 나는 5~6시간이나 걸려 그 일을 마쳤다. 어느새 회사의 모든 직원들은 다 퇴근한 후고 그 큰 공간에 대지 넘겨주기를 기다리는 제판실 직원과 나만 덩그러니 남았다. 회사를 나오니 63빌딩 전체가 잠들어 있다(그 당시 우리 회사는 사옥을 팔고 여의도 63빌딩에서 근무했었다).

빌딩 정문 셔터가 내려진 지도 이미 오래. 점포마다 천막이 둘러쳐진 1층 상가 통로를 거쳐 수위들이 잠자는 뒷문 사무실로 갔다. 회사 열쇠를 그들에게 맡기고 새벽 2시에 빌딩 밖으로 나오니 비가 억수로 쏟아진다. 앞이 보이지 않을 만큼 쏟아져 여의도 일대가 냇물처럼 물이 콸콸 흐른다. 주차장으로 올라가 차를 탔으나 앞도 보이지 않고 운전하기도 겁이 난다.

그렇게 마감을 마친 나의 억척스러움이 우리 부원들의 숨통을 조였을 것이지만 나는 그렇게 일을 했다. 말띠 여대생의 기질을 유감없이 발휘하며 책 만드는 일에 목숨을 걸었다. 그렇게 내 손을 거쳐 간 책들을 만지며 이제 주인이 된 정 대표에게 한마디 했다.

"이 책 하나하나가 모두 사연이 있어요."

"그러시겠죠."

"내가 제일 많이 쓰는 말이 뭔지 아세요?"

"뭔데요?"

"기계처럼 일하지 말라예요."

"그게 무슨 뜻입니까?"

총무부 부장이었던 정 대표가 그 말을 알아들을 리 없다.

"나는 학교 졸업하고 직장을 구할 때 제복 입고 일하는 직업은 무조건 NO였어요. 그 중에 공무원은 왜 싫은 줄 아세요? 동회나 관공서, 은행에 가보면 한참 일을 하다가 시간이 되면 모든 것을 멈추는 그 행위가 기계 같았어요. 인간인 우리가 기계처럼 행동하는 것은 인간이기를 포기하는 것이라는 생각을 한 거죠."

며칠 전 내가 많이 사랑하는 후배, 리스컴 사장에게서 전화가 왔다. 이런저런 말끝에 그녀가 한마디 한다.

"전 지금도 생각나는 국장님의 말씀이 있어요."

"뭔데?"

"너희들 기계처럼 일하지 말라예요. 출판사 사장이 되고 보니 이제야 국장님 말씀을 이해할 것 같아요. 근데 요즘 젊은 이들은 많이 다르더라고요."

"적어도 우리 편집인들은 장인 정신이 있어야 좋은 책을 만드는데…."

"글쎄 말예요."

"그래야 재미도 있고…."

하지만 내가 얼마나 시대착오적인 생각을 하고 있었는지 지금 생각하면 그 미술부 청년에게 사과하고 싶다.

낯 뜨거운 실수

해마다 날아오는 반가운 초대장이 있다. '조선왕조 궁중음식 공개행사' 알림장이다. 현직에 있을 때는 당연히 참석하는 행사려니 해서 바쁜 중에도 시간을 만들어 가보곤 했었는데 이제 현장에서 물러난 지 벌써 6년째다. 그럼에도 궁중요리 연구원에서는 잊지 않고 나를 챙긴다. 그게 고마워 중요 스케줄로 표시해놓고 시간 맞춰 나간다.

갈 때마다 느끼는 것이지만 조선왕조 궁중음식 기능보유자인 한복려 선생의 관록 있는 모습이 존경스럽다. 한국의 대표 어머니다운 인자한 모습, 유난히 한복이 잘 어울리는 그 자태가 보기 좋다. 강연 중 간간이 위트 섞인 말솜씨로 청중을 웃기는 재주도 어머니인 황혜성 선생님을 많이 닮았다.

촬영 내내 스태프들을 웃기고 먹이는 황혜성 선생님. 처음 황혜성 선생님을 뵌 것은 을지로 세운상가 2층인가 3층에 있는 선생님의 작업실에서다.

성균관대학교 교수님이시면서도 손수 음식 만들기를 즐겨 하시던 선생님. 이론을 앞세워 앞치마 두르기를 거부했던 1세대 요리 연구가들을 비판했던 선생님의 음식에 대한 바른 마음이 존경스러워 요리 하면 으레 황혜성 선생님께 청탁을 했다.

그 시절, 한국의 떡과 한과를 매달 한 작품씩 만들어 사진 작가인 강운구 부장(그 시절 주부생활 사진부장) 촬영으로 독자들에게 보여준 그 작품은 40여 년이 지난 지금도 고품격으로 살아있다.

까만 배경에 김이 모락모락 오르는 팥시루떡을 시루째 카메라에 담고, 두텁떡, 개피떡, 절편, 송편, 인절미, 약과, 강정, 매작과 같은 떡과 한과를 말랑말랑한 상태로 보여주려고 혼신을 다한 그 작품들은 예술이다. 그런 작업을 신나게 해내시는 선생님은 크고 위대했다.

처음 선생님을 뵈었을 때 나는 요리에 대해 아무것도 모르는 새내기여서 모든 게 신기하고 경이로웠다. 솔직히 나는 국문학을 전공한 데다가 우리 어머니께서 나를 여자가 가야 하는 길에 밀어넣지 않고 비껴가게 키우셨기 때문에 요리도, 바느질도, 살림하는 것도 내 것이 아니라는 생각으로 살다가 여성지인 주부생활 잡지사에 몸을 담게 되고 보니 여성들이 해야 하는 일들이 얼마나 가치 있는가를 알게 되면서 관심의 방향을 새로운 쪽으로 맞추었다. 그러다 보니 모든 게 새롭고 낯설 수밖에…. 그런 와중에서 황혜성 선생님을 만나게 되었고 선생님의 자상하신 가르침이 늘 나를 신세계로 인도했다.

그러던 어느 날 사건이 터지고 말았다. 데스크인 김 부장이 문외한인 나에게 주부생활 부록으로 국 요리책을 한 권 만들라는 것이다. 국이라곤 미역국, 무국, 콩나물국 정도만 알고 있던 나에게 국 책 한 권을 만들어내라니 한 페이지에 국 두 가지씩만 편집해도 64쪽이면 120가지가 넘는다.

당황한 나는 황혜성 선생님께 뛰어갔다.

"선생님 어떡해요. 부록으로 국을 한 권 하래요."

당황하는 내게 선생님은 걱정하지 말라면서 선생님의 장녀인 한복려 선생님을 소개해주셨다. "둘이서 한번 만들어봐."

"64쪽이면 이론 2쪽, 속표지 2쪽을 제외해도 60쪽이면 120 작품은 있어야 할 텐데 어떡하죠?"

"메뉴를 짜볼게요."

의연하게 대답하는 이 여인이 고맙기만 했다.

그때는 팩스도, 휴대폰도, 컴퓨터도 없던 시절이라 아이템 한 건 진행하려면 필자를 대여섯 번은 만나야 가닥이 잡히고 진행이 가능했다.

"메뉴 다 짜놓았으니 와서 보세요."

반가운 전갈에 서둘러 쫓아갔더니 120가지의 국이 쪽지에 가득하다.

"아니, 무슨 국이 이렇게 많아요?"

놀라서 호들갑을 떠는 나와는 달리 한복려 선생은 뭘 그 정도 가지고 그러냐는 표정으로 빙그레 웃는다.

"근데 이거 하루에 찍을 수 있을까요?"

"한번 해보죠."

뜻밖의 대답이다. 근데 그 많은 국을 흑백사진으로 찍어야 하는데 무슨 수로 구분한단 말인가. 편집할 일이 난감하다. 보나마나 국그릇이 거기서 거길 텐데, 메뉴를 받아놓고 밤새 잠이 오지 않는다. 지금 같으면 휴대폰으로 찰칵찰칵 찍어 놓으면 될 테고 원고나 사진도 컴퓨터에 담아 이쪽저쪽에서 확인하면 될 일을 일일이 뛰어가서 얼굴을 맞대야 풀리는 원시적인 시스템을 마다 않고 꽤나 열심히 살았던 우리들이다.

촬영이 시작되던 날, 나는 펜과 수첩을 챙겨 들고 현장으로 갔다. 현장에 가보니 벌써 국 끓이는 냄새가 복도까지 새어나온다. 가슴이 덜컹, 걱정으로 문을 여니 어느새 일곱 가지 정도의 국이 쪽지를 달고 식탁 위에 올라와 있다. 그때부터 나는 수첩을 꺼내 그림을 그리기 시작했다. 그릇에 담긴 국 형태를 스케치하는 것이다. 그림을 그리는 내내 머리에서 쥐가 나고 얼굴엔 땀범벅이다. 카메라를 돌리고 있는 사진기자도 오만상을 찌푸리고 짜증을 낸다. 아니, 피사체를 향해 불만을 터뜨린다.

"국 상태가 이상해요. 국물이 너무 많아요."

국물을 덜어달라는 요청이다. 그건 담당기자인 내가 해야 할 일이다. 근데 난 국 상태를 살필 겨를이 없다. 촬영이 끝나기 전에 스케치를 완성해야 편집할 수가 있기 때문이다. 사진기자가 투덜대든 말든 난 멀건 국에 코를 빠뜨리고 국 모양의 특징을 잡아 그림 그리는 것에만 열중했다. 국을 그려대는 나도 그렇지만 그 많고 많은 국을 만들어내는 한복려 선생님의 침착성이 더 놀라웠다. 찍고, 그리기 무섭게 다음 메뉴를 순서대로 갖다놓는데 한 치의 실수나 시간차가 없이 착착 뒤를 이어갔다. 가끔 내가 아까 것과 비슷하다고 투덜대면 히히 웃으면서 "이번에는 파 방향을 돌려 놔. 흑백사진인데 시금친지, 아욱인지 어떻게 알아? 파가 오른쪽에 놓였으면 시금치국, 왼쪽에 놓였으면 아욱국이라는 것만 알면 돼."

너스레를 떨었지만 우리는 정직하고 진솔하게 시금치국, 아욱국을 속이지 않고 끓여 독자들에게 보여줘야 했다. 사진에 보이지 않는 간 맞추기도 엉터리로 하면 안 된다는 것이 황혜성 선생님의 가르침이다. 그래서 촬영이 끝나고 맘 놓고 먹을 수 있는 음식이 이 댁 음식이었다는 게 그 당시 담당기자들의 후일담이다. 그때 한복려 선생님이 만들어낸 그 많고 많은 국도 어떤 국에 밥을 말아 먹어도 제 맛 나는 국이었을 거라는 걸 나는 잘 안다.

촬영도 끝나고, 원고도 받고, 그림으로 표시해놓은 것이

도움이 되어 무사히 편집을 끝냈는데 요리 만든 이의 이름이 없다. 한복려 선생님이 원고를 쓸 때 말미에 자신의 이름을 써놓았으면 문제가 없었을 텐데 겸손한 한복려 선생님의 성품으로 보아 자신의 이름을 써넣기가 조심스러웠던지 아니면 깜박했는지 모를 일이나 아무튼 이름이 없어 전화를 걸었다.

"선생님, 국 만들어주신 따님 성함이 뭐죠?" 황혜성 선생님에게 물을 수밖에….

"한독녀!"

난 분명히 그렇게 들었다. 성급한 내 판단으로 '황혜성 선생님의 무남독녀였구나.'라는 판단으로 더 이상 의심도 하지 않고 책에 '한독녀'라는 이름을 박아넣었다.

책이 나가고 금방 전화가 왔다.

"이름이 틀렸어요. '한독녀'가 아니고 '한복려'예요."

"네에? 난 '한독녀'로 알아들었는데…."

어이없는 실수를 하고 쩔쩔매는 나를 위로해준 것은 한복려 선생의 차분한 음성과 빙그레 웃음이다.

"이 책 보고 신랑한테 놀림 받았어요. 네가 얼마나 독하게 보였으면 '독녀'가 됐느냐고."

그 후로 우리는 믿는 사이가 됐고, 한복려 선생은 나의 고정 필자가 됐다. 생각하면 낯뜨거웠던 그 엄청난 실수도 추억으로 남으니 아름답다.

선배 같은 내 아우

서로 마음 든든한 사람이 되고
때때로 힘겨운 인생의 무게로 하여
속마음마저 막막할 때 우리 서로 위안이 되는
그런 사람이 되었으면 좋겠습니다.
누군가 사랑에는 조건이 따른다지만
우리의 바람은 지극히 작은 것이게 하고
그리하여 더 주고 덜 받음에 섭섭해 말며
문득 스치고 지나는 먼 회상 속에서
우리 서로 기억마다
반가운 사람이 되었으면 좋겠습니다.
어쩌면 고단한 인생길 먼 길을 가다
어느 날 불현듯 지쳐 쓰러질 것만 같은 시기에

우리 서로 마음 기댈 수 있는 사람이 되고

견디기엔 한 슬픔이 너무 클 때

언제고 부르면 달려올 수 있는 자리에

오랜 약속으로 머물길 기다리며

더없이 간절한 그리움으로

눈 시리도록 바라보고픈 사람

우리 서로 끝없이

끝없이 기쁜 사람이 되었으면 합니다.

이 시를 읽으면 떠오르는 친구가 있다. 노년이 되면서 더 애틋하게 다가오는 그 여인. 지금은 "아우"라고 부르지만 우리는 어려서부터 알아온 죽마고우도 아니고, 연배가 비슷한 친구 사이도 아니다. 직장에서 선후배로 만나 가끔 차도 마시고, 술도 한잔하는 사이일 뿐이다. 부서가 달라 일로 맺어진 사이도 아닌 우리는 각자 점심 약속이 없는 날을 골라 식사를 같이 했고, 회사에서 스트레스 받는 일이 있으면 직원들이 잘 가지 않는 식당을 골라 가서 백세주 한 병을 시켜놓고 3잔씩 나눠 마시곤 했다. 그러면서도 우리는 서로 속내를 알려고 하지도 않았고 스스로 말하고 싶지 않은 것을 캐묻지도 않았다. 그저 그냥 좋아서 만났다. 서로 의식하지 않은 채 '믿음'이라는 연결고리가 이어져 있을 뿐이었다. 우리 사이에 가로놓여 있는 20년이라는 나이를 극복할 수 있는 매개체가 무엇이었을까.

딱히 꼭 집어 '이거다'라고 말할 수 없지만, 아무튼 우리는 힘겨운 인생의 무게로 하여 속마음이 막막할 때 서로 위안이 될 수 있었고 어느 날 불현듯 지쳐 있을 때 기댈 수 있다고 믿고 싶은 사람이기도 했다. 아니, 그런 사람이기를 바라는 마음이라는 게 더 솔직하다.

그녀가 우리 회사에 공채로 입사했을 때 신입사원 오리엔테이션을 한 적이 있다. 그녀는 그런 새까만 후배다. 그녀가 지금은 내게 선배처럼, 언니처럼, 보호자처럼 나를 보듬고 바라본다. 그것이 그녀의 능력이고 매력이다. 후배인데 후배 같지 않고, 직장에서 만났는데 직장 동료라기보다 가족 같은 사이. 그런 끈끈함을 끌어내는 힘이 그녀에게 있다.

딸 부잣집 둘째딸로 태어나 은연중에 몸에 밴 배려와 통솔력이 나를 꼼짝 못하게 하는 힘인가 보다. 그녀와 있으면 아무 걱정이 없다. 그저 든든하기만 하다. 실수해도 실수처럼 여겨지지 않고 부끄러운 일이 있어도 감추지 않고 솔직하게 털어놓고 싶어지는 친구다. 그런 그녀와 인연의 줄로 엮이면서 나는 행복해졌다. 많이 쓸쓸할 뻔했던 내 노년이 풍요로워진 것도 그녀의 덕이 크다.

그녀는 항상 넘치지도 모자라지도 않게 나를 대한다. 그리고 은근히 내게 핀잔도 주고, 모자람을 지적해주기도 한다. 그녀 앞에서 나는 어린애가 되기도 하고, 어른이 되기도 한다.

불쑥 전화해서 영화를 보자든지, 전람회에 가자고 하면 나는 무작정 따른다. 어디냐고 물을 필요도 없고, 무슨 영화냐고 궁금해하지 않아도 그녀가 선택한 영화나 전시회는 내 취향 저격이다. 그녀를 만나는 날은 점심 메뉴라든지 찻집, 산책코스를 걱정하지 않아도 된다. 그날 스케줄은 이미 그녀의 머릿속에 짜여 있고 그 스케줄에 따라 움직이면 적당한 시간에 헤어져 각자 집에 돌아와 씻고 원하는 TV 프로그램 보면서 잠들면 그날 일과는 기분 좋은 하루가 된다.

그래서 어느 날, 나는 고맙다는 인사 대신 "자기 같은 사람이 애인이었으면 좋겠다. 신경 쓸 게 없으니 얼마나 편하고 행복할까? 이런 게 궁합이 잘 맞는다고 하는 거겠지."라고 농담처럼 말했다. 내 나름의 인사치레를 했는데도 그녀는 호들갑스럽지 않게 조용히 나를 받아준다. 그런 그녀가 어느 날 갑자기 거처를 먼 곳으로 옮겼다. 같은 서울 안에 있을 때도 자주 만난 것은 아니지만 멀리 가고 나니 허전하고 쓸쓸하고 많이 그립다.

봄 봄 봄, 봄이 왔어요

입춘, 우수, 경칩이 훌쩍 지나갔다. 딸랑딸랑 봄이 온다는 종소리를 울려놓고도 무엇이 두렵고 아쉬워 못 오는지 아직 패딩 점퍼도, 털 달린 코트도 세탁소에 가지 못하고 있다. 소문처럼 이제 계절이 없어지려나.

이맘 때면 꼭 떠오르는 재밌는 에피소드. 숨겨 놓았던 타임캡슐을 열어 추억 하나를 꺼내본다.

봄이 왔다는 신호를 의상으로 나타내려던 그 시절 40여 년 전, 내가 한창일 때 출근 시간은 퍽 활기차고 재밌었다. 직장이 전쟁터라고 말하는 요즘과는 달리 직장은 놀이터요, 삶의 근원인 텃밭이었다. 아침 출근 시간에 우리는 항상 웃었고, "좋은 아침!" 하고 외치며 사무실로 들어섰다.

어느 봄날, 꼭 이맘 때였을 것 같다. 출근 시간, 하늘하늘한 실크 원피스에 실크 스카프를 멋지게 두른 점자 씨가 엘리베이터 앞에 서 있고, 다른 몇몇 동료들도 함께 서 있다가 우르르 엘리베이터를 탔다. 짓궂은 윤철 씨, 가만히 있을 리 만무다.

"봄, 봄, 봄, 봄, 봄이 왔어요. 점자 씨 가슴 속에도…" 하고 선창을 하고 그 노래를 신호로 우리도 함께 따라 부르며 편집실이 있는 6층까지 순식간에 올라갔다. 그런데 문이 열리지 않고 다시 엘리베이터가 내려가는 것이 아닌가? 누군가 흥에 겨워 1층을 누른 것이다. 우리는 와르르 까르르 웃으며 다시 봄, 봄, 봄을 외치며 엉덩이까지 실룩실룩 흥에 겨워 '점자 씨 가슴 속에도'를 합창했다.

점자 씨는 늘 화제를 날렸고, 새로운 패션으로 우리를 자극하곤 했다. 정도 많고, 유머도 많은 점자 씨는 후배들에게 인기 선배. 그 점자 씨가 몇 년 전 환갑이라고 후배, 동료들이 파티를 열어줬다. 세월 무상. 봄은 역시 설렘과 추억을 한꺼번에 선물하나 보다.

한 직장에서 겪은 크고 작은 추억들이 마치 사춘기 소녀 시절 학교 교정에서 겪은 추억만큼이나 생생하게 살아있는 이유가 뭘까? 우리가 몸담았던 직장이 유난히 가족적이었기 때문인지 모른다. 시인, 작가들이 많았던 편집실 멤버들. 감성 뛰어나고, 표현력 화려하고, 이상을 추구하는 관념적인 사람들이 모였으니 항상 얘깃거리가 풍성했고 하루하루의 일과가 개 그 콘서트이기도 했다.

한번은 이런 일도 있었다. 옆줄 맞추기로 놓여 있는 편집실의 책상 배열, 내 자리 옆에 주경숙 씨, 그 옆에 시인 송유하 씨 자리가 있었다. 외근하고 들어온 주경숙 씨가 의자에 앉아서 내 옆으로 다가오려다가 무엇이 잘 안 되는지 엉덩이로 자꾸 의자를 흔들더니 의자 밑을 보고 꺅! 하고 소리를 지른다. "아니, 이게 뭐야? 누가 이랬어?"

주경숙 씨 의자 다리와 송유하 씨의 의자 다리가 묶여 있는 것이 아닌가? 기가 막혀 소리지르는 그녀를 보고 싱글벙글 웃고 있는 그 남성. 평소에 얌전하기만 한 그 사람의 짓이라기에는 너무 엉뚱하고 재밌어서 또 한바탕 웃음 천국이 됐던 아련한 에피소드. 그것뿐인가? 봄철이 되면 으레 봄바람에 못 이겨 여기저기서 터지는 신음소리… 그 중에서도 소설가인 이상렬 씨의 아픈 소리가 유독 크다.

"아! 어딘가 멀리 떠나고 싶어라."

그 소리를 신호로 여기저기서 "아, 어딘가 멀리 떠나고 싶어라!"를 합창하며 두 손을 쫙 벌려 기지개를 켜는 제스처로 봄을 맞아들이곤 하던 편집실의 분위기가 그립다. 그런 날은 으레 '퇴근 후 한잔!' 자리가 마련되었고, 회사 앞 구멍가게 간이의자 술좌석에서 시작, 포장마차, 앙카라공원까지 이어지는 자리는 목이 잠기고 여의도 공원이 들썩, 김흥업 차장이 부르는 '제비'를 마무리 송으로 헤어졌던 그 시절의 추억을 더듬는 것만으로도 짜릿한 쾌감이 느껴진다.

지금은 다 무엇을 하고 있을까. 소문으로는 세상을 떠난 이들도 있고, 건강에 적신호가 와서 두문불출하고 있다는 동료들의 얘기를 풍문으로 들은 적도 있다. 인생무상, 가물가물한 추억의 한 토막을 떠올려본다.

노년을 위한 리허설

옛 동료들이 모이는 자리는 항상 즐겁다. 계급도, 선후배의 구분도 허물어진 지 이미 오래. 이제는 친구 같기도 하고, 가족 같기도 하다. 특히 지금 만나고 있는 우리 모임 멤버들은 그때나 지금이나 격의 없이 뭉친다. 그래서 어떤 얘기를 하든 무조건 웃고 재미있어 한다. 대화의 룰도 없고 주제도 없다. 마구잡이로 입에서 나오는 대로 떠들어댄다. 논리적인 대화보다 허술한 대화를 즐기는 이들, 과거 얘기로 돌아가면 더 행복해진다.

"이제 우리도 노년기에 입문한 거야. 어떻게 해야 품위 있고 아름다운 노년이 될 수 있지?"

누군가 화두를 던진다.

"과거를 버려야 현재가 즐겁고, 잡고 있는 집착을 놓아야 행복하대.”

“그게 쉬울까?”

그 시절로 돌아가면 내 신경줄을 팽팽하게 건드리는 사람이 있다. 노년기에 접어들면서 자주 그 여인이 떠오른다. 만나서 사과도 하고 싶고, 옛날 얘기를 하면서 오해도 풀고 싶다. 아니 그래야 그동안 지고 있던 짐이 가벼워질 것 같고 새로운 출발, 아름다운 노년을 맞기 위한 1막 1장의 서장이 열릴 것 같다.

“우리 단체로 벌 받던 사건 생각나?”

누군가가 옛날 일을 꺼내 또 한바탕 웃음바다가 된다.

“생각나지. 그 사건을 어떻게 잊을 수가 있어?”

우리가 단체기합을 받은 날은 마감을 끝내고 긴장이 풀린 젊은 영혼들이 점심시간을 30분 정도 넘기고 들어온 날이다. 회사 근처에 사는 동료 집에 점심 먹으러 갔다가 일본 콘서트 비디오를 보면서 수다를 떠느라고 시간을 넘긴 것이다.

그날 우리는 단체로 데스크의 레이더망에 딱 걸렸다.

“들어오지 말고 거기들 서 있어요!” 날카로운 목소리가 날아와 우리를 멈칫하게 했고 벌 받는 꼴이 됐다. “손들어!” 하면 손도 들어야 할 판이다.

벌을 서면서도 다들 쿡쿡 웃음을 터트렸고 무엇이 신호가 됐는지 잠시 후 모두들 제자리로 들어갔지만 지나간 과거는 아름답다고 했던가? 젊은 시절이 그립다.

이제 나는 아름다운 노년, 품위 있는 노년을 맞아야 할 때다. 품위 있고 아름다운 노년은 어떤 것일까?

며칠 전 TV를 보면서 얻어들은 말 중에 사람은 누구나 늙는다. 그래서 늙음에 대해 준비해야 하는데 첫째, 감사신경망과 긍정신경망을 두껍게 만들어야 한단다.

둘째, 피부관리 하듯 뇌관리를 해야 하는데 진땀나게 운동하고, 인정사정 없이 담배 끊고, 사회활동 열심히 하고, 술 마시지 말고, 대뇌활동을 하라는 것이다. 그러려면 걷기, 얘기하기(수다떨기), 글쓰기도 좋은데 고혈압, 고혈당, 심장병, 고지혈증에 걸리지 않게 식사의 질을 바꾸라고 하면서 '진인사대천명' 논법을 펼쳤다.

그날 들은 말씀 중에 감사신경망과 긍정신경망을 두껍게 만들라는 말씀과 대뇌활동을 위해 수다떨기도 좋다는 게 마음에 든다. 무엇이든 "감사해요, 고마워요." 하면 상대도 평온한 마음이 되어 겸손해지고, 부드럽게 대하게 되므로 아름다운 기류가 오고가게 된다는 것이다. 그러면 고약한 치매도 예쁜 치매로 바뀔 수 있고, 예방도 된다나…. "감사해요, 고마워요!"라고 표현할 일이 없으면 만들어서라도 하라고 한다.

그래, 마음에 남아 있는 찌꺼기를 배출해야 건강하다고 하니 젊어서 미운 짓을 했던 나를 털어내고 용서를 빌어야겠다. 마음 정하고 있던 어느 날 대선배의 출판기념회에서 그분을 만났다. 아직도 예리한 말투는 여전했다.

"그동안 별일 없었어? 많이 바빴나 보지?"

그 말 속에 '왜 그렇게 한 번도 안 찾아와?' 하는 내용이 감춰진 것처럼 들리는 이유가 뭘까. 도둑이 제발 저려서일까. 아니면 그녀에 대한 편견과 오해가 아직도 남아 있어서일까. 심기가 몹시 불편하다.

"죄송합니다. 찾아뵙지 못해서…." 인사치레를 하자, "그러게. 모두들 왔었는데…."

나는 또 그녀 앞에 죄인이 되고 만다. 그녀에게 또 KO를 당한 것이다. 동시에 그녀를 향한 주눅 든 감정이 다시 살포시 살아나는 것을 느끼며 나의 옹졸함이 상대를 너그럽게 받아들이기에는 멀었다는 생각이 든다.

감사신경망과 긍정신경망을 두껍게 만들려면 상대가 뭐라든 불쾌한 마음이 일어나지 말아야 하고 오는 말이 미워도 가는 말이 고와야 아름다운 노년 신입생 자격을 갖출 텐데 아직도 그 가시가 의식되고 아픈 것을 보면 자격 미달이다.

이렇게 해서 결국 아름다운 노후를 위한 1막 1장의 리허설은 실패작으로 징을 울리고 만다.

사랑하는 후배들! 미안, 땡큐!

1년에 네 번. 평균 석 달에 한 번 만나는 후배들이 있다. 40대 초반인 민정 씨, 50대 중반인 진희 씨, 승주 씨, 석재 씨, 그리고 70대 중반인 내가 이 모임의 멤버다.

이 모임을 나는 좋아한다. 내가 이 자리에 낄 자격이 있는지 자문할 때도 있지만 이 친구들과 함께하면 내 어깨가 으쓱해진다. 모두 자기 자리에서 한몫을 하고 있는 이들이 자랑스럽기도 하고 그 옛날 꽉 막힌 사고로 이들을 옭아맸던 내가 오랜 시간이 지난 후에도 외면당하지 않고 챙김을 받고 있다는 것이 고맙고 감사하다. 출판사 대표인 진희 씨, 요리 연구가로 이름을 날리는 승주 씨, 부동산업에 뛰어든 사진기자였던 석재 씨, 훌륭한 가문으로 시집가서 행복하게 사는 멋쟁이 민정 씨, 모두가 바쁜 사람들이고 시간 내기가 어려운 사람들인데도 잊지 않고 이 모임을 지키고 있다. 우리는 만나면 20여 년 전으로 거슬러 올라가 어린 시절을 떠올리듯 유쾌하고 즐겁게 수다를 떤다.

"생각나? 그 고깃덩어리 사건….."

누군가 재미났던 옛 사건을 떠올리자, 모두들 그때로 돌아가 추억을 되씹는다. 그때 우리 부서에서는 요리책 속표지 사진을 찍기 위해 고기를 한 덩어리 사다가 장조림을 만들었다. 그 고기가 얼마나 최상급이었는지 우리가 원하는 장면의 연출이 가능했다. 그것은 삶은 고기를 쭉 찢었을 때 실처럼 갈라지는 고깃살, 그 고깃살 사이로 맛난 장조림 육즙이 스며나올 것 같은 그 느낌을 아주 가까이에서 적나라하게 보여주는 그런 사진이었다. 그 한 컷을 찍기 위해 담당기자인 승주 씨, 사진기자 석재 씨가 혼신을 다해 연출해서 그 장면을 만들어냈다. 조명도, 피사체도, 연출도, 촬영도 완벽한 조화를 이뤄 완성도 높은 그림이 만들어진 것이다. 팀의 노력과 수고가 그림에 고스란히 담겨 있어 입에 침이 마르게 칭찬하고 있는데, 장조림 덩어리가 편집실로 운반되어 왔다. 그 향이 우리 모두를 자극했다. 누구의 제안이랄 것도 없이 소주가 배달되어왔고 야근 자리가 술자리로 변했다. 장조림 한 덩어리를 안주 삼아 밤새 마시고 무너졌던 그 기억은 지금 이 모임의 멤버들이 기억하는 잊지 못할 추억의 한 토막이다.

평소에 까칠하고 융통성 없기로 악명이 나 있는 내가 완전히 무너진 밤이기도 했다. 그때 나는 물러터진 윗사람이 되지 않으려고 강한 척, 냉정한 척, 철저한 척, 엄격한 척하면서 꽉 막힌 데스크로 자리매김을 하고 있었다. 그런 터라 술이 깬 후 부끄러운 생각도 들고 후회 같은 것이 밀려오기도 했지만 때로 그렇게 무너질 수 있고 룰을 깨고 튕겨나갈 수 있는 내가 싫지는 않았다. 그런 반항아적인 기질이 나의 어딘가에 숨어 있는 진짜 내 모습인지도 모른다. 누구보다 자유로워지기를 갈망하면서도 그것을 엄격한 방어막으로 꽁꽁 숨기고 있는 것이 연출된 나의 모습일 수도 있다.

무너지기로 치자면 2박 3일을 먹고, 마시고, 놀고, 수다 떨기를 해도 지치지 않고 마다하지 않는 것이 나라는 사람이다. 그럼에도 원칙에서 벗어나지 않으려는 몸부림이 하도 철저해서 무리수를 두게 되고 그 무리수가 상대방을 질리게 했던 것 같다.

나는 문득 그 당시 이들의 마음이 알고 싶어졌다. 반성의 의미랄까? 알게 모르게 이들에게 상처 준 말이나 행동이 있는지 알아내어 사과를 하고 싶어졌는지도 모른다.

"내가 묻고 싶은 것이 있는데 솔직히 말해줄래? 나 그때 어떤 데스크였어?"

석재 씨가 씩 웃으며 한마디 한다.

"꽉 막힌 데스크였죠. 원리원칙에서 한 발짝도 벗어나지 않는…. 융통성이라고는 전혀 없었으니까요. 고지식하고…."

그러고 보니 부서 회식이 있던 날, 나와 임석재 씨가 주고 받았던 만담 같았던 대화가 생각난다.

"오늘 회식은 이태원에서 하기로 했으니 한 20분만 먼저 나가죠." "안 돼!"

"그럼 15분만" "안돼 !"

"그럼 10분만" "안 돼!"

"그럼 5분만" "안 돼~"

"그럼 가지 말아요."

짓궂은 석재 씨는 집요하게 내 의중을 떠봤고 나는 석재 씨의 끈질긴 설득 작전에 말려들지 않으려고 끝까지 고집을 부렸다. 여의도에서 이태원까지 가려면 퇴근 시간 20분 전쯤 나가야 길이 막히지 않는다는 석재 씨의 제안을 야멸차게 거절했던 사건이다. 모처럼 회식이니 OK 사인을 해도 좋으련만 초지일관 나는 '안돼!'였다. 부원들이 열 사람이면 10분씩만 일찍 나가도 100분인데 그 시간을 회사에 손해 끼칠 수 없다는 것이 내 계산법이었기 때문이다. 그런 나를 놓고 부원들은 입을 삐죽거리기도 했고, 노골적으로 수군대기도 했다. 부원들의 5분 지각도, 5분 전 퇴근도 용납하지 않은 나. 원칙에서 벗어나는 것은 어떤 것도 받아주지 않는 나를 그들은 무척 숨막혀 하고 답답해했을 거다.

"말이 나온 김에 기억나는 게 또 있어요. 이 건은 내가 부장님께 말대꾸한 사건인데 지금 생각하면 되바라진 거죠. 그때 제가 30대라서 혈기가 왕성했던 때니까."

"무슨 일이었는데?"

"촬영 마치고 돌아와 필름 청구 결재를 올리면 번번이 필름 아껴 쓰라는 부장님의 그 잔소리…. 한두 번도 아니고 매번 그러시는데 자존심도 상하고 불뚝 성질도 났죠. 그래서 부장님께 따졌어요."

"그 조근조근한 말투로 나를 질리게 했겠지?"

"부장님! 운전기사에게 조심해서 운전하라고 주의를 준다면 모를까, 휘발유를 아껴 쓰라고 하는 것은 운전을 하지 말라는 거 아니에요? 사진기자에게 필름을 아껴 쓰라는 것은 사진을 찍지 말라는 거죠."

"그랬더니 내가 뭐래던가?"

"부장님이 어디 기죽을 분입니까? 나를 기죽게 하셨죠."

"석재 씨, 그걸 비교라고 하는 거예요? 왜 필름을 아껴 쓰라는지 설명할까요? 석재 씨는 한 장면을 찍는데 셔터를 몇 번 누르죠? 내가 보니까 네 번씩 누르데요? 그것을 세 번으로 줄이라는 거예요. 네 번 누른다고 좋은 사진이 되고, 세 번 누른다고 나쁜 사진이 된다는 증거가 있어요? 잘못된 습관이지."

"최상의 것을 뽑으려면 적어도 네 번은 눌러야 돼요. 그것도 미니멈이에요."

"그 고정관념을 깨라는 거예요. 베테랑이 되려면 피사체를 보고 어떤 상태로 셔터를 눌러야 최상의 컷이 나오는지 본능적인 판단이 작용해야 한다고 봐요. 이럴까, 저럴까 판단을 못해 혹시 하고 네 번씩 누르는 것은 초보자나 하는 짓이죠. 석재 씨는 베테랑인데 초보자처럼 그렇게 네 번씩 눌러야겠어요?"

그랬던 것 같다. 그 당시 나와 석재 씨는 말싸움을 잘했다. 그러면서도 석재 씨는 나를 위해줬고, 나는 석재 씨가 밉지 않았다.

"맞아. 나와 석재 씨는 항상 그렇게 토닥거렸어."

"그럼요. 어디 부장님이 한마디나 질 분이에요? 결국 내가 입을 다물게 되는 게임이었죠."

어지간히 부원들을 괴롭힌 데스크라는 생각이 들었다. 에둘러 얘기하기보다 직설적이고 엄격한 말버릇으로 상대를 꼼짝 못하게 했던 그 시절의 내가 떠오른다.

질세라 진희 씨도 한마디 한다.

"편애를 많이 하셨죠. 칭찬을 할 때는 너무 과하게, 그리고 꾸중을 할 때는 너무 가혹하게…. 그래서 꾸중 들을 때 상처를 많이 받았어요."

진희 씨가 왜 이 말을 하는지 나는 잘 안다. 그 당시 진희 씨는 앞으로 데스크 감이라 점찍어 놓고 은근히 공을 들이는 부원이었다. 무엇보다 섭외력이 뛰어나고 원고를 잘 다듬는 그를 나는 아끼고 믿었다. 하지만 나는 그녀에게 많이 가혹했다. 다른 부원들이 못하는 것은 참을 수 있지만 진희 씨의 부족함이 눈에 띄면 화가 치밀어올랐다. 자연히 그런 속내가 내 얼굴에 나타나 그녀의 심기를 불편하게 해서 어떤 날은 삐져서 휙 나가버리기도 하고, 어떤 날은 정면으로 내게 대들기도 했다. 아니면 퇴근 후 술 한잔 하자며 내게 대화를 청하기도 했다.

"부장님, 정말 내가 그렇게 미우세요?"

술이 취해 나를 향해 볼멘소리를 쏟아낸다.

"무슨 소리야?"

"왜 나를 그렇게 들볶으세요? 오 선배만 예뻐하고….".

"진희 씨는 데스크 감으로 정해놓은 사람이니까~ 부족한 점이 있으면 고쳐서 내 사람을 만들어야지."

"그럼 저 사랑하세요?"

"그러엄~~~~ 앞으로 우리 부서를 이끌어가야 할 사람이 왜 이래?"

"정말요?"

내 팔에 매달려 주정하던 모습이 떠오른다.

승주 씨 사건은 이렇다.

개성이 강하고, 끼가 넘치고, 적극적인 승주 씨는 마음이 약해 누군가에게 모진 소리를 하지 못한다.

우리 부서에서 건강 책을 만들 때다. 웬만한 원고는 모두 부원들이 썼기 때문에 전문가의 감수가 필요했다. 몇 달을 걸려 편집 완성된 책의 감수자로 모 대학 교수가 선정됐는데 그 교수 감수 허락을 승주 씨가 받기로 했다. 그런데 인쇄 일정 전날까지 받지 못하고 있었다.

"어떻게 됐어? 내일 아침 인쇄 들어가야 하는데…."

재촉하는 내게 승주 씨는 자신 있게 말했다.

"염려 마세요. 내일 아침까지 받아올게요."

나는 승주 씨의 말을 믿고 표지에 감수자로 그 교수의 이름을 넣고 인쇄소에 넘겼다. 다음 날 아침, 인쇄소로 출근한 나는 인쇄 감수를 했다. 나의 OK 사인과 동시 교수의 이름이 박힌 채 덜커덕거리며 인쇄기가 돌고 있는데 승주 씨에게서 급히 전화가 왔다. 받아보니 엄청난 소식이다.

"부장님, 어쩌죠? 교수님이 감수를 못 해주겠대요. 지금 전화했더니 그러네요."

"그걸 왜 이제야 알려?" 나는 혼비백산, 인쇄를 중단해야 했고, 교수 이름이 박힌 인쇄지의 글자를 지우는 해프닝을 벌였다. 그때 내가 그녀에게 내린 벌은 가혹하고 잔인했다. 가시 박힌 말로 그녀의 여린 마음에 생채기를 줬던 생각이 난다.

"그때 저에게 칭찬도 많이 해주셨지만 원고 하나하나, 사진 하나하나 유난히 깐깐하게 체크해서 우리끼리 뒤에서 얼마나 궁시렁거렸는지 아세요? 그리고, 많이 섭섭했던 적이 있었는데 제가 결혼하고 임신해서 피곤했을 때였어요. 저를 조용히 부르시더니 임신한 여자가 직장생활을 어떻게 해야 하는지 장황하게 설명하시면서 다른 사람보다 더 긴장하고, 더 열심히, 더 예쁘게 하고 다니라고 강조하시는 거예요. 전 속으로 섭섭했어요. 부장님도 아이를 낳아본 분이면서 임신한 여자의 상태를 이해해주지 않는 것 같아서⋯."

뜻밖의 기억을 들춰냈다. 나는 서둘러 변명 아닌 변명을 했다. "그건 승주 씨에게만 주의 준 게 아니고 임신한 후배 누구에게나 강조하는 내 직장관이었어. 임신해서 배가 불러지면 죄인이 되는 거야. 그걸 이기려면 상대가 입도 뻥긋 못하게 해야지."

"맞아요. 이제는 그때 왜 그러셨는지 이해가 돼요. 하지만 섭섭했었어요. 인정이 없는 것 같아서⋯."

거기에 비해 김민정의 기억은 어떨지 궁금하다.

"민정 씨는 어땠어?"

"저는 무조건 사랑을 받았던 것 같아요. 학교 졸업하고 처음 직장에 들어가서 원고 쓰기, 섭외하기, 촬영하기, 레이아웃 하기⋯. 편집에 대한 전반적인 것을 배우게 되니 재미도 있었고, 신기하기도 했어요."

그 당시 민정 씨는 공채로 뽑은 신입기자 중의 한 명이었고 하는 짓마다 애교가 있어 우리 부원들을 즐겁게 해주는 기쁨조였다. 막내 사원의 거리낌 없는 태도가 신선했고 예뻐서 일이 서툴러도 무사통과, 내리사랑으로 넘어갔다. 이런 나의 행동도 부원들 입장에서 보면 일관성 없다고 했을지 모른다.

하지만 이들 한 사람, 한 사람에 대한 추억들이 나를 싱싱

하게 해주는 활력소다. 이들을 향해 성질도 많이 부렸고, 오만 상을 찌푸리고 소리도 많이 질렀다. 회사 일에 충실하지 않다고, 사진을 잘못 찍어 왔다고, 섭외를 제때 안 했다고, 원고가 마음에 들지 않는다고 일일이 트집을 잡아 야단만 쳤던 인간미 없고 깐깐하고 꽉 막힌 나를 겪었던 이들. 나의 별난 성격을 옹골차게 겪은 이들이 지금 이 모임의 멤버들이다. 부원들 중에서도 이들은 특별히 내 잔소리와 감시망의 올가미에서 숨막혀 했던 희생양들이다.

그런데 지금 나는 이들에게 대접을 받고 있다. 내가 칠순이 되는 날, 이들이 챙겨준 대접을 염치없이 받았고, 3개월에 한 번 바쁜 시간을 쪼개 나를 이 모임에 불러낸다. 출판사 대표인 진희 씨는 매번 자기가 만든 책을 챙겨와 나에게 보여주고 평가를 원한다. 내가 칭찬해주면 활짝 웃으며 행복해한다. 그런 모습이 대견하다.

"사랑스런 후배들아. 정말 미안하고 고맙다.

내 가슴에 잔가시를 박아놓고 간 여인

대학 1학년 때 만나 내 가슴에 잔가시를 무수히 박아놓고 간 여인. 지금 살아있으면 84세다. 그렇게 일찍 세상을 뜨지 않았으면 그 시절의 엉뚱했던 우리를 떠올리며 낄낄거리기도 하고 진지한 토론의 장을 벌이기도 했을 텐데 못내 그립고 보고 싶다.

그때 그 시절, 그녀는 미인이기도 했지만, 천재 문학도로 이미 20대에 등단한 여류시인이었다. 뒤늦게 들어와 우리 과의 꽃이었던 그녀. 내게는 친구라기보다 언니라는 게 맞다. 그래도 우리는 친구임을 다짐하고 어울려 다녔다.

처음 대학에 입학하던 날, 내 눈에 꽂힌 그녀는 빛바랜 감색 물방울무늬 버버리를 입고 있었고, 생머리가 어깨 밑으로 내려져 햇살 받은 머릿결이 유난히 반짝였다. 아니, 그녀의 까만 테 안경이 그녀를 더 인상 깊게 했는지 모른다. 내가 전공한 국문과는 나름 시나 소설을 쓰겠다는 꿈을 가지고 입학한 학생들이라 문학소년, 문학소녀 티를 풍기는 학생들이 많았다.

서울에서 태어나 서울에서만 자란 나는 아직 솜털도 가시지 않은 18세 소녀로 왠지 그녀에게 관심이 갔다. 뭔가 촌스럽지만 촌스럽지 않은 성숙함이 묻어 있는 그녀. 입학식 날 '누구를 사귈까?' 하고 주변을 훑어보다가 내 시야에 꽂힌 그녀를 놓치지 않으려고 입학식이 끝나고 교정을 걸으면서 그녀 옆으로 다가갔다.

"어느 학교예요?" 어느 학교 출신이냐는 뜻이다.

"나 밀양에서 왔어요."

그러면 그렇지, 반가웠다. 지방 여고 출신이라는 게 내 맘을 확! 잡아당겼다.

"지금은 어디 사는데요?"

"교남동에서 자취하고 있어요."

"그래요? 교남동이면 우리 집 가는 방향인데…."

"난 서울 지리 잘 몰라요."

그래서 우리는 어렵지 않게 가까워졌고, 결국은 그녀의 자취방을 드나들며 그녀의 남다른 향기에 취해버렸다.

그녀의 자취방에 처음 갔을 때의 충격!

방 안 가득 쌓여 있는 책에 압도되어 이 책, 저 책 들춰보는 내가 맘에 들었는지 금방 자기를 드러냈다.

"나 나이가 좀 많아. 학교 졸업한 지 4년 됐어."

"그럼 언니네."

"아니, 그러지 말고 같은 학년이니까 친구처럼 지내는 게 편할 것 같아. 대신 다른 애들한테는 말하면 안 돼."

"우리끼리 비밀? 알았어."

그때부터 우리는 비밀을 공유하는 친구가 됐다.

나는 그녀에게서 많은 것을 배웠다. 인생을 논하고 토론하는 법도, 음악을 선곡해서 듣는 법, 청계천 헌책방을 드나들며 좋은 책 선별해서 사는 것, 심지어 화장하는 법, 외식하는 것까지 모두 배웠다. 서울내기인 나보다 훨씬 풍부하고 폭넓게 살고 있는 그녀의 삶이 신비하고 경이로웠다. 아는 것은 왜 그렇게 많은지, 언니 오빠 없이 자란 나로서는 그녀의 존재가 신대륙을 발견한 것만큼이나 새로웠다.

이야기를 하면 그칠 줄 모르는 그녀의 입담…. 톨스토이, 도스토옙스키, 셰익스피어, 헤밍웨이, 입센 같은 세계 문호들의 이름이 줄줄 쏟아져 나왔고, 카뮈, 프로이드, 니체, 사르트르 같은 철학자, 심리학자들을 들먹이면서 실존철학과 관념철학을 비교 분석, 열변을 토하는가 하면, 베토벤, 모차르트, 하이든, 슈베르트, 베르디 같은 음악가들의 곡을 들으면서 그 곡들을 즐기는 모습은 소설의 주인공이었다. 특히 톨스토이의 안나 카레니나나 도스토옙스키의 죄와 벌, 보리스 파스테르나크의 의사 지바고를 얘기할 때, 소설에 등장한 인물들의 그 긴 이름을 거침없이 쏟아내는데 '뭐 이런 여자가 있나?' 싶었다. 내가 신기해하면 웃으면서 그 소설에 나오는 하녀 이름까지 말해버려 나를 질리게 했다. 따라다니는 남자들도 많아 연애 박사 같은 생각이 들기도 했다. 서울대 불문과 학생이라는 꾀죄죄한 남학생, 우리 학교 동양철학과에 다닌다는 우둥퉁한 남학생, 해운공사에 다닌다는 스마트한 어느 남성도 모두 그녀 주변에서 알짱거리는 남성들이었다. 그중, 방과 후 교문을 나서면 어디선가 툭 튀어나오는 가톨릭 의대생이라는 남학생. 비가 오나 눈이 오나 하루도 거르는 날이 없는 그 남학생이 나타나면 그녀는 밝은 표정이 되어 그 남학생 앞으로 다가가곤 했다.

"고향 친구야. 밀양에 '석화'라는 시 동우회가 있는데 거기서 만났어. 가톨릭 의대 본과 4년생이야."

그 남학생의 우리 학교 등장은 우리 과에 화제가 됐다. 베레모를 눌러 쓴 작은 키의 예쁘장한 남학생. 항상 대학생 교복을 입고 있었다. 그 당시 대학생들에게는 교복이 있었는데 여대생들은 까만 스커트에 흰 블라우스를 입게 했고, 남학생들은 까만 바지에 흰 와이셔츠, 가을 겨울에는 와이셔츠 위에 까만 재킷을 걸치고 배지를 꼭 달고 다녔다. 언제 어디에 있든 대학생이라는 것을 알아볼 수 있는 복장이었다. 손에는 가방에 넣지 않은 몇 권의 책을 꼭 들고 다녔는데 그것이 대학생들의 패션이었다.

그 남학생도 까만 가방을 꼭 옆구리에 끼고 있었고, 노출된 책 몇 권이 가방 위에서 뽐내듯 얼굴을 내밀고 있었다. 비가 오는 날은 우산을 들고 그녀 앞으로 뛰어왔고, 겨울에는 따끈따끈한 국화빵 봉지를 그녀 앞에 내미는 그 남학생이 낯설기만 했다.

그러던 어느 날, 그녀가 결석을 했다. 궁금해서 찾아가 보니 폐인처럼 널브러져 끙끙 앓고 있었다. 병원 가기를 권했지만 막무가내. 훌쩍거리며 우는 모습이 하도 이상해서 캐물었더니 바로 그 의대생이 배신을 했다는 것이다. 며칠째 만나주지를 않고 심지어 그녀의 인기척이 들리면 환했던 방에 불이 꺼지면서 피한다는 말을 들었을 때 나는 분노했다. 하지만 내가 알지 못하는 그녀의 세계에 다가갈 수 없어 안타깝기만 했다.

그렇게 며칠이 지난 후 나타난 그녀는 예전처럼 재담과 유머로 시, 소설, 시나리오를 얘기하고 전채린, 천경자, 구상, 이중섭을 화제에 올리면서 모든 것을 잊은 듯 생기를 찾았다. 그런 와중에 우리 주변에 남학생들이 한둘 다가왔다. 어디에 있든 눈에 띄는 그녀. 교수님들도 유독 그녀를 꼭 집어 거론하며 인정했다. 그녀의 글이 그랬을 것이고, 그녀의 탁월한 천재성, 그리고 그녀의 엄청난 독서량이 교수들을 감탄하게 했을지 모른다. 특히 그 당시 국문과 교수로 계시던 박종화 선생님, 김구용 선생님, 강신항 선생님, 이명구 선생님 같은 훌륭한 교수님들이 그녀를 예뻐했고 그녀는 군계일학으로 우리 과에서 빛을 발했다.

그 무렵 시를 쓰는 같은 과 이석이라는 친구가 그녀에게 혼이 나갔다. 그녀를 얼마나 따라다녔는지 어느 날 둘이 자취를 감춘 적도 있다. 그런 그녀는 친구라기보다 항상 멀리 있는 알 수 없는 존재였다.

늘 남성들의 관심을 받고 있는 그녀를 우리 집으로 데려와 같이 살기로 한 것도 어느 남성의 끈질긴 구애 때문이었다. 그 남성의 스토커 행위가 절정에 달해 우리 집으로 도망쳐온 것이 계기가 되어 착한 우리 아버지, 어머니가 그녀를 보호하기로 한 것이다. 그때부터 나는 신이 났다. 그녀와 함께하는 생활이 꿈만 같았다. 그녀의 그칠 줄 모르는 호기심 천국은 무궁무진해서 문학, 음악, 미술, 발레, 연극… 어떤 장르건 그녀는 막힘 없이 빛이 났고 그 빛은 쑥맥인 나를 꼼짝 못 하게 했다.

우리는 늘 붙어 다녔는데 아무도 없을 때는 버스에서 내려 우리 집까지 올라가는 언덕길을 그냥 가지 않고 노래를 목청껏 부르는가 하면 호기롭게 연극 대사를 외쳐대기도 했다. 달빛이 밝은 날은 달이 왜 밝으냐면서 들고 있던 책이며 가방을 훌훌 던지면서 자유를 외쳤고, 어느 가을, 유난히 반짝이는 빨간 홍옥이 얄밉다고 한 봉지 사서 모두 달에게 던진 적도 있다. 그렇게 치기 어린 세월을 보내면서 우리는 졸업을 했고 그녀는 덕성여고 국어 선생님으로, 그녀의 애인인 이석 씨는 신문사의 기자로, 나는 잡지사의 기자로 안착, 우리는 새로운 제 2의 인생을 펼쳤다. 이석 씨 역시 시인으로 등단을 했다.

그 후 그녀는 시인 이석 씨와 결혼을 해서 우리 집 근처에 살림을 차렸다. 알콩달콩 산 세월이 7년, 어느 날 시인은 사랑하는 아내와 일곱 살, 네 살짜리 어린 남매를 남겨두고 소설처럼 하늘나라로 갔다.

나 홀로 가장이 된 그녀는 교직생활을 충실히 하는 것으로 외로움을 달래면서 아이들을 잘 키웠다. 그랬던 그녀마저도 40대 중반, 한창 나이에 세상을 떠났다. 큰애가 고등학교 졸업반, 작은애가 중학교 졸업반일 때였다. 뽑지도 못하게 내 가슴에 잔가시를 무수히 심어놓고 훌쩍 가버린 그녀. 가는 길도 드라마를 남기고 간 그녀, 나와 그녀는 전생에 무슨 연이 있어 만나게 된 것일까? 암 선고를 받고 몇 번 나를 찾아왔지만 그녀가 흡족하도록 시간을 충분히 내주지 못한 것이 후회가 된다.

그녀의 장례식에서 유난히 슬퍼하던 한 신부님을 잊을 수가 없다. 그녀의 가는 길을 집도하신 그분은 경상북도 오지 성당에 계신 젊은 신부님이었다.

한때 그녀는 가톨릭 역사에 심취해, 아직도 변역되지 않고 고전 문체로 보관 중인 자료들이 남아 있다는 소식을 듣고 여름 방학을 이용해 그 자료가 있다는 성당을 찾아갔더란다. 거기에서 만난 멋진 신부님. 두 사람의 영혼이 불꽃이 되어 의미있는 계획을 세우면서 그때부터 자신이 할 일을 찾은 것에 감사하며 적극적으로 그 일에 매달렸다. 그러면서 신부님과 그녀는 서울과 경상북도를 오가며 그동안 빛을 보지 못했던 가톨릭 선교 활동의 자료들을 현대문으로 번역하는 작업에 빠져 있었다. 그러다가 그녀가 암 판정을 받은 것이다. 병문안을 갔을 때 초췌해진 겉모습과는 달리 여전히 위트 있는 말솜씨로 슬퍼하는 나를 웃기려고 애쓰던 그 몸짓도 내게는 가시다.

장례식 날, 그녀를 묻고 먼 산을 바라보며 슬퍼하던 그 신부님의 뒷모습에 묻은 적막함은 무엇이었을까? 잊을 수가 없다. 그 신부님의 가슴에도 그녀는 얼마나 많은 잔가시를 박아놓았을까? 그 신부님을 만나서 그녀가 박아놓은 그 가시들을 추스리고 싶다.

나의 멘토 희경 언니

20여 년 만에 선배 언니를 만났다. 내가 유일하게 언니라는 호칭을 부담 없이 부르는 사람이 정희경 언니다. 젊은 시절 거칠 것 없는 자신감, 유창한 언변으로 사람들을 사로잡으며, 유행의 첨단에서 활동하고 있던 그녀는 주로 명동, 광화문, 소공동, 종로를 누비며 다녔고 누구를 만나든 유머 감각으로 주변을 웃기는 재치 있는 여인이었다. 여성지 기자라는 타이틀을 달고 다니던 그녀는 여느 여성들과는 좀 다른 멋이 있었다.

대학 4학년 때 교회 성가대에서 만났지만 언니는 우리 후배들이 닮고 싶어 하는 선배이기도 했다.

졸업 후 신문사, 잡지사, 출판사, 영화사 같은 곳에 이력서를 제출하고 입사시험을 보면서 취업 준비를 하던 나는 무엇이 계기가 되었는지는 몰라도 대중잡지 기자가 됐다.

그 시절 대중오락 잡지로는 〈아리랑〉, 〈야담과 실화〉, 〈신태양〉, 〈명랑〉, 〈로맨스〉, 〈부부〉 같은 흥미 중심의 책들이 쏟아져 나왔는데 주로 연예인 기사를 많이 다뤘다.

난 왠지 그 분위기가 싫었고, 적성에 맞지 않아 방황하고 있을 때 우연히 명동에서 언니를 만나 언니의 취재원이었던 의상실, 미장원, 양화점 같은 곳을 돌아다니며 그 세계를 알아가는 것이 무척 재미있었다. 언니는 그 당시 대한민국 여성지 중 으뜸으로 꼽히던 〈주부생활〉 잡지 기자로 명동 일대를 주름잡았는데 그때의 여성잡지로는 〈여원〉, 〈여성동아〉, 〈여성중앙〉이 다였다.

여성지들은 대개 패션, 요리, 인테리어, 건강 등 가정생활에 도움이 되는 기사를 다루었는데 여성 전용 교양지로서의 역할을 톡톡히 해서 인기가 높았다. 그러다 보니 언니는 우리나라 최상급 패션 디자이너인 최경자, 노라노, 진태옥 같은 분이나 헤어 디자이너 중에서도 의식 있고 감각 있는 분들을 만나 한국의 패션을 논하고 한국인의 두상에 어울리는 헤어스타일을 연구하는 등 토털 패션의 길잡이 노릇을 했다.

그때만 해도 디자이너들의 작품을 발표할 수 있는 매체가 드물어서 여성지 기자는 그들에게 대접 받는 직업이었던 것이다.

그 언니를 통해 나는 학원사 입사 시험에 응시해 학원사 멤버가 되었고 30여 년을 한솥밥을 먹은 셈이다. 잡지보다는 출판기획, 편집이 내 적성에 맞아 책을 만드는 직업에 싫증 내지 않고 즐겁게 일을 했던 것을 보면 천직인 듯싶기도 하다. 그렇게 나의 평생 직업을 만나게 해준 언니를 잊을 수가 없다.

그런 언니를 연락 없이 잊고 살다가 우연히 아는 시인의 출판기념 행사에서 소식을 듣고 가슴이 두근거렸다.

"아직도 팔팔해. 원당에 혼자 살고 있는데 교회에 열심히 나가나 봐."

"지금은 팔순이 넘었을 거야. 할머니지 뭐." 한창 때 날리던 그녀를 주제로 대화가 오고갔다.

집으로 돌아온 나는 당장 연락하고 싶었지만 그날은 참고 다음 날 아침 전화를 했다.

"언니, 나야. 어떻게 지내?"

"나라니? 너 누구야?"

카랑카랑한 목소리가 여전했다.

"나, 희자⋯."

"뭐? 너 살아있었어?"

"그럼 죽은 줄 알았어?"

"너무 소식이 없어서⋯. 네 딸은?"

"보고 싶다. 언니! 그런데 추워서 어떻게 만나지?"

1월이었기 때문에 밖의 날씨가 영하 10도 아래로 떨어져 있는 상태였다.

"그래, 나도 추우면 꼼짝 못 해. 방콕이야."

"우리가 왜 이렇게 됐지? 춥다고 벌벌 떨고…."

"그러게 말이다. 세월 앞에 장사 있니?"

눈만 오면 강아지처럼 뛰어나가 남산이든 덕수궁이든 경복궁이든 명동이든 쏘다니던 그 시절은 간데없고 외출이 두려워 벌벌 떨고 있는 두 노인이 현실이라는 무대에 덩그러니 노출된 것이다.

"난 병투성이야. 당뇨에, 협착에, 설사에…. 안 아픈 데가 없어. 뇌만 건강해."

"그렇게 좋아하던 여행도 못 다니겠네."

"겨울은 동면이지 뭐. 우리 날 풀리면 만나자"

전화를 끊고 5개월이 지났다. 지난 6월 8일, 전화벨이 울려 받아보니 희경 언니다.

"나야! 너 뭐하니?"

"언니! 미안~ 내가 한 발 늦었네. 그렇지 않아도 연락하려고 했어."

미안해서 쩔쩔매는 내게 언니는 여전히 깔깔 웃음으로 대답하며 지하철이 편리한 지점에서 만나자고 한다.

우리나라 신여성 중에 운전면허 1기생쯤 되는 언니가 지하철 운운하는 것을 보고 '언니가 늙기는 늙었군.' 하는 생각이 든다. 남들은 운전이 두려워 면허 따기를 주저하고 있을 때 이 언니는 면허증을 자랑하며 전국 각지로 안 다니는 데가 없었다.

여전했다. 뒷모습만 보고 곧 알아봤다. 브라운 실크 블라우스에 베이지색 바지, 하얀 샌들, 베이지색 모자를 쓴 멋쟁이 할머니가 뒤태를 보이며 내 앞에 서 있다.

"언니!" 하는 내 목소리에 획 돌아보는 희경 언니,

"뒤에서 보고 나를 어떻게 알았어?"

여전한 음성이 반갑게 웃는다.

"멋쟁이 언니를 못 알아볼 리 있나?"

우리는 손을 잡고 겅중겅중 뛰며 반색을 하다가 식당가로 들어가 자리를 잡고 수다를 떨었다.

가까이 보니 할머니의 모습은 어쩔 수 없었고 그 옛날 그 활기 넘치던 그 맛은 아니지만 목소리며 제스처는 여전히 살아있었다.

"언니, 요즘 뭐해?"

"노는 게 일이지 뭐! 뇌와 입은 살아있어서 열심히 먹고 여전히 수다떠는 게 다야!"

"연애를 하지 그래."

"병투성이 늙은이를 누가 데려가니?"

서글픈 대화를 나누는 동안 2~3시간이 훌쩍 지나갔다.
"걱정하지 마! 나 그래도 재밌게 살고 있어. 다행히 내 친구 중에 과부된 할망구들이 많아. 그 친구들이 요일 정해놓고 나한테 와서 놀아줘!"

언니는 경기여고 출신이다. 그 당시 경기여고는 수재들이

다니는 명문 중의 명문으로 우리 시대 그 학교 출신들은 프라이드가 하늘을 찔렀다. 경기여고 배지와 교복은 콧대 높은 여학생의 상징이기도 했다. 지금은 학교 평준화로 높낮이가 없지만 그 시절에는 어느 여고를 다니느냐가 격을 판가름하는 잣대였다.

이런 일류 여인들이 이제는 할머니들이 되어 아직도 뭉친다고 하니 다소 마음은 놓이지만 왠지 쓸쓸하다.

"사람이 죽으라는 법은 없나 봐. 얼마 전에 우리 아파트 위층에 내 후배가 이사를 온 거 아니냐. 그 친구가 오며가며 반찬도 만들어주고 신경을 써줘서 얼마나 고마운지 몰라. 피붙이보다 낫다니까."

"그래도 형제 조카들과 인연의 줄은 연결하고 사는 게 좋지 않을까?"

"걱정하지 마. 아직도 팔팔한 내 동창들이 내 후견인들이니까 괜찮아."

대쪽 같은 자존심이 살아있는 그녀를 보면서 알 수 없는 미소를 머금는다.

가보고 싶었던 호남여행

해남, 진도, 완도…. 멀게만 느껴지던 이곳. 나는 오늘 이 땅끝의 공기를 마시면서 산천을 눈에 담는다. 어릴 때부터 와보고 싶은 곳이었다.

중학교 1학년, 한창 꿈 많던 시절에 내 친구 강자는 여름방학이면 고향 완도를 간다면서 바이 바이를 했고 섭섭해하는 내가 맘에 걸렸는지 그날부터 매일 일기처럼 편지를 써서 우편으로 보내왔다. 그 편지 내용에는 바다가 있었고 거기에서 수영하는 친구의 모습이 있었다. 서울에서 자란 나로서는 꿈같은 환상일 뿐 완도는 내가 갈 수 있는 곳이 아니었다.

성인이 되고부터 각자의 길을 간 것이 이유였겠지만 우리는 추억만 잔재처럼 남겨놓은 채 65년이라는 세월이 흘렀다. 이제야 나는 호남 땅을 가까이에서 느끼며 전라도를 실감하고 있다. 이런 곳이었구나, 이렇게 아름다웠구나, 여기에서 나의 가장 친한 친구 강자가 태어나서 자랐구나, 아니 이렇게 멋진 곳에서 내게 편지를 보냈었구나, 산천을 둘러보며 혼잣말을 수없이 되풀이해본다.

내가 묵고 있는 곳은 진도다. 진도 중에도 가장 요지인 운림산방 예촌 마을. 한옥 체험을 하고 싶다는 사위의 제안을 받아들여 기꺼이 한옥 고택으로 숙소를 정했다. 미국에서 자라 내 딸과 짝을 이뤄 결혼한 지 햇수로 3년째다. 그 소중한 내 자식들이 결혼 후 처음으로 엄마를 보러 한국에 와서 여행을 가자고 한다.

"엄마, 제일 가보고 싶은 데가 어디야?"

"응, 나 너희들과 가보고 싶은 데가 있어. 호남지역을 한번 여행하고 싶어. 그중에도 진도, 완도는 꼭 가보고 싶은 곳이야."

"그래? 우리도 그쪽으로는 가보지 않았으니까 그리로 정하자."

흔쾌한 대답에 나도 신이 나서 들떴다. 나는 그냥 그들이 하자는 대로 따르기만 하면 된다. 숙소도 음식도 알아서 정하는 그들을 보면서 믿음직스러워 뿌듯하다.

'운림예원'. 이름부터가 근사하다. 몇백 년 고택인지는 몰라도 이 동네에서는 가장 고풍스럽고 운치 있는 집이다. 더구나 지금 비수기라 그런지 고대광실 너른 공간이 모두 우리 것이 되었으니 한옥을 즐기기에 충분하다. 그곳에서 새벽을 맞았으니 내 감성이 꿈틀꿈틀 살아나 소리라도 지르고 싶다.

"아~~~~~~ 대단하다!"

전날 추적추적 비가 내린 탓인지 희뿌연 안개 베일로 살짝 가린 높낮이가 다른 완만한 산등성이가 운치 있고 보일 듯 말 듯한 산머리가 예술이다. 한 폭의 동양화가 내 가까이에서 나를 홀리고 있다.

'구름 운', '수풀 림'이라는 뜻의 '운림'. 그야말로 구름 숲이 절경이다, 옛 화가들이 왜 이곳에 머물러 화폭에 이 전경을 담았는지 알 것 같다.

동양화의 명인인 소치, 남농, 임인, 임전 등 5대째 이어지는 그분들의 그림 소재의 정체를 깨닫게 되는 경이로운 순간이다. 눈앞에 펼쳐진 산수에 반해, 아니 첫날의 감동을 다시 맛보고 싶은 욕망이 꿈틀거려 하룻밤 더 묵기를 제안했다. 아이들도 대찬성, 우리는 느긋하게 운림예원의 주인이 됐다.

진도가 아름다운 것은 자연이 만들어내는 하늘의 이치를 그대로 수용한 이 마을 사람들의 순수함 때문이다. 그 마음이 예술로 승화되어 멋진 작품들을 만들어낸 듯하다.

정갈하게 다듬어진 이곳 마을의 새벽길을 산책하며 꼭두새벽 일을 시작하는 마을 어른들께 인사를 나누니 그 정 또한 깊고 다정하다.

"아침은 먹었수?"

처음 보는 나그네에게 던지는 정 깊은 한마디. 서울에서는 상상도 안 되는 속정 깊은 인사다. 그래선가 이곳 마을 고양이도 강아지도 낯설지 않은 시선으로 우리를 바라본다. 한 놈은 담장 위에서, 다른 두 놈은 골목길 어귀에서….

딸과 나는 감동을 공유하며 하나가 되어 마냥 즐겁다. 더 이상의 설명이 필요 없다. 딸은 내가 감동할 때 감탄하고 내가 박수 칠 때 주저 없이 갈채를 보낸다. 우리는 이렇게 하나가 되는 순간을 수도 없이 겪으며 행복을 이어가고 있다. 늦은 나이에 낳은 딸이 나를 이렇게 기쁘게 할 줄이야.

우리는 서둘러 운림산방을 답사하고 완도로 향했다. 세상에~~~ 배 타고 가는 줄 알았던 완도를 포장이 잘된 육로로 멋지게 달릴 수 있을 줄 상상도 못 했다. 내 친구는 그때 이렇게 말했다.

"우리 집은 배 타고 가야 해. 땅끝 마을 해남에서 배를 타야 갈 수 있어. 배를 타려면 몇 시간씩 기다려야 한다고."

그런 곳인 줄 알았다. 그런데 지금은 멋진 디자인의 완도대교, 아니면 신지대교를 타고 명사십리도 가고 완도 타워, 완도 수목원 어디든 갈 수 있다. 그 다리를 건너서 가면 서울에서 본 듯한 카페, 익숙한 커피 향, 서울인 듯 착각하게 하는 사람들의 외모, 낯익은 문화들이 낯설지 않게 우리를 반긴다. 내가 상상하던 내 친구가 설명하던 완도는 지금 없다. 추억만 남아 있을 뿐이다. 눈뜨면 변하는 세상에서 공감하며 사는 것도 축복이라 감사하며 살아야 행복이거늘 나만의 상상과 추억을 뺏긴 듯하여 서운한 것도 숨길 수 없는 내 맘이다.

돌아오는 길에 항구에 들러 항구 맛을 담으려고 전복 1kg을 사서 회로 세 개, 쪄서 일곱 개를 셋이서 배불리 먹었다. 완도기행은 여기서 막을 내려야겠다.

'호남' 하면 역시 진도다. 아직은 물들지 않은 예인의 도시 진도. 진도를 좋아하는 사람들 틈에 끼어 나도 진도를 사랑하기로 했다.

진도 하면 생각나는 추억의 소녀가 있다.

30여 년 전 볼이 발그레하고 통통한 소녀가 우리 부서의 일원이 되었다. 고향이 진도라고 하면서 지금은 혼자 서울에 왔지만 앞으로 고등학교 다니는 동생을 서울에 데려올 생각이라고 한다. 편집실 언니들은 그 소녀의 다부지고 착한 마음을 칭찬하며 그녀를 따뜻하게 대했다. 준사원으로 입사한 그녀는 편집실 언니들의 보조역할을 하면서 부서의 경리 일을 맡았다. 그런데 그녀는 어린 나이임에도 어른스럽게 언니들을 보조했고 구수하고 걸쭉한 사투리로 언니들을 웃겼다.

"제 동생이 며칠 전에 서울로 전학을 왔거든요, 그런데 다시 진도로 보내 달라는 거예요."

"왜?"

"학교에서 하라는 게 너무 많아 싫대요."

"뭘 하라는데?"

"음악 시간에 악기를 하나씩 다루어야 하니까 피아노, 바이올린, 첼로 같은 악기를 연습해 오라는 게 숙제라고 하면서 따라갈 수 없다는 게 이유였어요."

"뭐 그런 게 있니? 그 많은 학생들이 어떻게 악기를 하나씩 다뤄?"

"그래서 생각 끝에 내가 동대문으로 달려갔죠. 거기 가면 장구니 꽹과리니 우리 악기 파는 데가 있거든요. 거기에서 장구를 하나 사서 밤새 연습을 시켜 학교까지 들고 갔죠. 학생들도 선생님도 모두 두 손 들었다고 하더군요."

"잘했다, 잘했어. 우리 똑순이 최고네!"

그녀의 재치 있는 기지와 예인다운 대처 반응이 예뻐 우리를 기쁘게 했던 그 소녀가 진도를 꼭 닮은 것 같다.

사계절의 섭리에 맞춰 자연에 순응하며 살아온 예인다운 영감의 표현이 진도의 피에서 나온 듯하여 새삼 감탄스럽다. 세상적인 상식이 다 진실이 아니라는 것을 통쾌하게 보여준 한 토막 에피소드다.

나의 스승 박순녀 선생님

2021년 스승의 날도 어김없이 찾아왔다.

매년 5월 15일 선생님을 뵙는 일이 내게는 큰 기쁨이요 연중행사다. 전화를 드릴 때마다 여전하신 음성이 기분 좋고 여전하신 활력에 감동한다. 내년에도 선생님과 유쾌한 만남이 이루어지기를 기대하며 선생님을 향한 내 마음의 추가 점점 더 사랑 쪽으로 기울어지고 있음에 감사한다. 올해도 5월 14일에 전화를 드렸다.

"응! 그래. 희자?!" 카랑카랑하지만 부드러운, 그리고 약간의 이북 사투리가 묻어 있는 선생님의 음성, 발랄한 표현, 아니 상식의 틀을 깨는 대화 내용에 나는 언제나 감탄한다.

우리 나이로 93세, 그럼에도 아직까지 생기 있고 기품 있는 선생님을 사랑하지 않을 수가 없다.

어느 해인가 나는 준비해간 하얀 스카프를 꺼내 선생님 목에 둘러드렸다. 선생님은 소녀처럼 즐거워하시면서 검지에 낀 반지를 자랑하신다. "예쁘지?"

"네, 그 반지 뭐예요? 멋지네요."

"이거 얼마 줬는지 알아? 요기 무역센터 앞 노점에서 거금 2만 5천 원 주고 샀어."

우리 선생님은 이런 분이다. 때묻지 않은 순수함이 보석처럼 살아있는 선생님을 나는 존경한다. 작년까지도 집필에 열중하시어 〈이중섭〉이라는 책을 출간하시더니 요즘은 전집을 준비중이라고 하신다.

박순녀 선생님은 나의 고등학교 국어 선생님이셨다. 나의 모교에 2년간 근무하셨는데 나는 사실 선생님의 촉망받는 애제자는 아니었다. 고등학교 시절 별 특징 없는 지극히 평범한 학생이었기에 선생님이 나를 기억할 리 없었겠지만 인연이 되려고 그랬는지 대학 시절, 극장에 영화 보러 갔다가 뉴스에 나온 선생님을 우연히 뵙게 됐다. 하얀 소복을 입은 선생님이 화면에서 통곡을 하고 계셨고 우리나라 원로 작가 김이석 선생님의 타계 소식이 대한 뉴스를 통해 알려졌다.

"어! 저 선생님 우리 선생님인데…."

같이 간 친구에게 말하고 나도 잠시 선생님의 슬픔에 고개를 숙인 것 같다. 그때서야 나는 선생님이 작가인 것을 알았고 김이석 선생님의 사모님이라는 것을 알게 됐다. 그렇게 기억 안에 입력된 채로 몇 년이 흘렀나 보다. 학교를 졸업하고 출판사에 입사한 것이 선생님을 다시 만날 수 있는 계기가 됐다. 선생님은 내가 알고 있는 출판사에서 번역 일을 하고 계셨다. 반갑기도 하고 친근감이 가서 전화로 약속을 하고 퇴근 후 만나 우리는 마냥 걸으면서 많은 얘기를 나눴다. 선생님은 홍은동, 나는 북가좌동에 살고 있어서 시내에서 선생님 댁까지 걷는 것은 어렵지 않았다.

"선생님, 많이 힘드시죠? 학교는 왜 그만두셨어요?"

"내가 왜 학교를 그만뒀더라…. 암튼 적성에 안 맞았었나 봐."

"그래서 지금은 뭘 하세요?"

"세계문학 번역을 하고 있어. 출판사 사장이 나한테 잘해. 아직 애들이 학교 졸업도 못 했고, 양하도 어리고…."

지금 이대 교수인 양하 씨는 선생님의 늦둥이 막내딸이다.

대화하면서 느꼈던 엄마로서의 강인한 의지력, 깊은 모성애가 나를 더 선생님께 빠지게 했는지도 모른다.

궁리가 많았던 1968년, 난 다니던 출판사에 사표를 내고 안양사라는 절에 들어가 칩거를 한 적이 있다. 안양사는 비구니들이 기거하는 사찰인데 내 인생에서 달콤한 페이지를 남긴 추억의 한 부분이기도 하다.

생각해보니 안양사에 들어갈 때도 나와서도 선생님께 소

식을 알렸던 것 같다. 그래서였는지 내가 절에서 내려간 후 선생님이 곧바로 안양사로 들어가 내가 있던 방에 기거하시면서 그 유명한 단편소설 〈어떤 파리〉를 쓰셨다.

〈어떤 파리〉는 선생님의 작품 세계를 확실하게 자리매김해준 멋진 작품이다. 월남 1세대 여성작가이기도 한 선생님은 함경남도 함흥에서 태어나 원산여자사범학교를 졸업하고 서울로 유학, 서울대 사대 영어과를 졸업한 인텔리 여성작가다.

자유와 민주주의 편에 서서 월남이라는 이변을 겪은 선생님. 그 선생님에게 다시 찾아온 갈등, 왜곡된 반공 이데올로기는 선생님과 그 시대를 살아가는 많은 지성인들을 혼란에 빠지게 했으며, 선생님은 그 역사의 현장에서 조용히 글을 쓰셨다.

〈어떤 파리〉는 그때 태어난 명작이다. 그 작품으로 선생님은 상을 받았고 선생님의 작품세계도 확고하게 자리잡히게 되었다는 서평을 읽은 적이 있다.

1년에 한 번이지만 이렇게 선생님을 찾아뵐 수 있어서 얼마나 감사한지 모른다. 무역센터 앞에서 선생님 댁까지 두 정거장쯤 되는 거리를 손을 잡고 걸으면서 선생님이 건강하게 오래오래 살아주시기를 간절히 기도하며 선생님을 잡고 있는 손에 힘을 꼭 주어본다. 내 마음의 신호였음을 선생님이 눈치 채셨을까.

새로운 나를 찾아가는
그녀는 아름답다

수필가, 민화 작가 엄희자

가을이 왔다. 수필가로서 이 변화하는 계절에 대한 감회가 있을 것이라고 생각하는데 글은 주로 어떤 시간대에 쓰게 되는지? 주제는 어떻게 정하게 되는지?

수필가라는 호칭이 쑥스럽고 어색하다. 평생 남의 글만 읽는 직업에 종사하다 보니 내 글을 쓸 여유가 없었다. 그러다가 퇴직과 함께 선물로 받은 것이 내 시간이다. 비로소 주변이 보이면서 4계절이 온전히 내 안에 있게 되니까 "아, 참 좋다!"라는 감탄사와 행복감이 느껴진다. 아마 그때 내 몸 안에서 베타 엔돌핀 호르몬이 분비됐던 게 아닐까 한다. 베타 엔돌핀 호르몬은 기분 좋으면 5배 정도 많이 나온다던데 특히 서오릉의 가을은 가슴 설레게 한다. 가을 새벽 공기가 스산해 목에 스카프를 두른 그날부터 난 철저하게 혼자이고 싶어진다. 즐기고 싶다는 욕심이 꿈틀대는 거다. 그래서 함께 하는 운동에 가지 않고 불량학생처럼 서오릉으로 직행 혼자 걷기를 좋아한다.

나는 새벽잠이 없다. 2시든 3시든 눈이 떠지면 그게 나의 기상 시간이다. 이것도 퇴직 후 얻게 된 변화 중에 하나인 듯하다. 수면시간이 모자랄까 봐 안절부절못하던 예전의 내가 아닌 거다. 잠이 모자라면 '이따 자면 되지' 하고 여유롭게 컴퓨터 앞에 앉아 책도 읽고 글도 쓰곤 한다. 수필에 주제는 내 주변에서 일어나는 크고 작은 일들, 내게 감동을 준 에피소드들을 비교적 편하게 쓰고 또 그렇게 쓰고 있는 편이다.

과거 많은 책들을 기획하고 편집했었는데. 주로 어떤 책을 만들었고, 기억에 남은 책들은?

주로 실용서 출판을 많이 했다. 여성들이 필요로 하는 아이템을 찾아 전문가에게 의뢰, 독자들이 쉽게 이해하고 실천할 수 있도록 편집 구성해서 발행을 했다. 주로 건강, 육아, 임신 출산, 요리, 인테리어·수공예 등 여성 독자들이 대상이었기 때문이다.

기억에 남는 책은 니트책이다. 그 당시(1980년대) 우리나라에는 뜨개질 책이 없었다. 뜨개질을 하려면 일본 책을 봐야 하는데 일어를 모르는 젊은 여성들은 그림만 보는 실정, 우리가 시도해 보기로 했다. 기호를 일일이 그리고 우리말로 표현하는 것이 쉬운 일이 아니다. 비용도 많이 들고…. 고심 끝에 일본 출판사로 출장 가서 편집과정을 살펴본 후 니트 전문가들을 동원, 작품 의뢰하고 촬영하고 미대 출신들을 동원, 작품마다 기호를 그려 넣는 과정을 거치면서 20권을 만들었다. 사명감이 없었으면 아마 그 일을 못 했을 거다. (중략)

은퇴한 시기와 은퇴 후에 어떤 일에 도전해 보겠다는 계획을 미리 세웠는지?

정년퇴직을 훨씬 넘긴 68세까지 앞만 보고 살았다. 공교롭게 직장이 바쁘기 그지없는 출판사 편집실이다 보니 새벽에 출근하면 밤 10시가 넘어서야 집에 왔다. 해뜨기 전에 나가 깜깜해야 돌아오는 생활을 몇십 년 하다 보니 내 주소지인 은평구는 밝은 날이 내 것이 아니고 어둑어둑한 하늘만이 내 차지였다. 오직 일에만 몰두한 몇십 년, 내가 하는 일 외에는 마음을 쓸 시간이 없었다. 질주만 하느라고 행복할 수 있는 기회를 놓치고 있었다. 어떤 것이 행복인지 고민하지 않았다. 행복을 가질 수 있는 방법에 대해 공부하지도 않았고 노력하지도 않았다. 오죽했으면 어머니께서 출근하는 나를 불러 세워 "얘야, 마당에 꽃피었다. 보고 나가라." 말씀하셨을까.

그런데 나는 지금 행복감을 많이 느끼고 있다. 쨍한 날은 쨍한 날대로, 안개가 낀 날은 안개가 낀 대로, 비가 오는 날은 비가 오는 대로 운치 있고 정겹다. 낙엽이 고운 가을도, 눈 덮인 겨울도 얼마나 아름다운지 모른다. "아 좋다!"라고 느낄 때마다 엔돌핀 호르몬이 퐁퐁 나오는 거다. 나는 지금 그렇게 살고 있다.

글을 쓰는 일 이외에도 다양한 취미 내용을 알려달라

그동안 시간에 쫓겨서 못했던 것들, 민화, 도자기, 일어, 논어를 선택해서 배우고 있다. 다행히 내가 살고 있는 은평구 역촌동 노인복지관은 커리큘럼이 다양해서 신나게 배우는 중이다.

민화를 작업하는 과정을 참관했다. 서양화보다는 한국적인 정서와 색채가 두드러져 보였다. 그리고 연꽃을 채색한 그림도 지금까지와는 다른 컬러를 입혀 완성한 작품을 보면서 도안은 일반적이지만 채색만으로도 새로운 민화를 만나게 되었는데, 민화도 얼마든지 창의적인 분야라는 생각이 든다. 민화를 시작한 계기는 무엇인가?

내 가족들(동생, 제부, 딸)이 화가이다 보니 그림을 보고 느끼는 것은 내 생활의 일부이기도 하다. 하지만 내 손으로 그리고 채색하는 것은 내 영역이 아니었다. 그런데 어느 시인 출판 기념회에 갔다가 그녀가 그린 민화 작품을 보고 반해 버렸다. 난 겁 없이 도전을 해버렸다. 거기에 내 딸의 폭풍 칭찬과 격려에 고래가 춤을 춘 거다. 진짜 내가 잘 그리는 줄 알고 겁 없이 덤벼든 것이 계기라면 계기일까? 지금은 화가인 내 동생도 "잘 그리는데…." 하고 칭찬을 해준다. 이번 추석에 내가 그린 그림으로 병풍을 만들어 엄마, 아버지 차례상에 사용했더니 보람이 느껴지기도 하다.

하루의 시작은 몇 시에 하는가? 기상 후 가장 먼저 하는 일은 무엇인가?

눈뜨는 시간이 기상 시작이다. 대개 새벽 2~3시쯤 일어난다. 4시에 깨면 보너스 받은 기분이지만 2~3시도 상관없다. 그때가 정신이 가장 맑다. 누구의 방해도 받지 않은 조용한 그 시간, 오직 내 것으로 사용한다. 참, 미국에 가 있는 딸과 화상통화 하는 것이 나의 첫 행사이기도 하다. 통화가 끝나면 하고 싶은 것을 찾아서 한다. 그림도 그리고, 글도 쓰고, 음악도 듣고…. 청소도, 정리도 그 시간에 할 때가 많다. (중략)

해외에 생활하고 있는 가족과 어떻게 소통하는지? 화가로 활동하고 있는 딸의 근황과 그 딸을 키울 때 특별한 교육법이 있었는지?

어쩌다 보니 내 가족들이 모두 나가 살고 있다. 하나밖에 없는 동생 부부는 LA에, 하나밖에 없는 딸 부부는 뉴욕에 살다 보니 만나는 기간이 좀 길지만 세상이 좋아져서 매일 아침 같은 시간에 영상으로 만나 마치 옆에 있듯이 갖은 수다 다 떠는 우리 모녀는 친구 같고 동지 같다. 먼 거리에 산다는 생각이 전혀 들지 않을 정도로 시시콜콜 주고받는 우리 모녀의 대화를 누가 들으면 웃을 거 같다. 외출 시 차림도 영상으로 보여주면서 검사를 받아야 하고, 맛난 음식을 만들어도 보여줘야 하는 것이 당연한 걸로 알고 있다. 내 그림도, 내 글도 제일 먼저 보고 평가하는 것이 내 딸이다. 지금 현재 뉴욕에서 현역작가로 활동하고 있으며 딸을 키울 때 교육법이라면 무조건 칭찬을 많이 했다는 거, 그래서 자신이 최고인 줄 알고 자랐다는 게 자랑 아닌 자랑이다.

최근 발표한 수필 중엔 음식을 통해 가족을 추억하고, 음식의 냄새를 통해 행복을 느끼는 정서가 잘 드러나 있다. 좀 더 구체적으로 설명해준다면?

월간 문학에 발표한 내용 중에는 돌아가신 아버지 어머니, 그리고 지금은 뉴욕에서 화가로 활동 중인 딸이 좋아하는 음식 내용이 있다. 딸 생일날 "뭐 해줄까." 물었을 때 딸은 "갈비찜"이라고 대답했던 그 순간의 추억을 소환하여, 음식 냄새와 행복에 관한 얘기를 써 내려갔다. 된장찌개를 좋아하던 아버지, 어머니가 먼저 돌아가신 뒤 쓸쓸해하던 아버지는 그 구수한 된장찌개 냄새를 통해 과거를 회상하는 장면이 그려진 것이다. 요즘은 냄새를 이용한 질병 치료, 즉 '향기 치료'의 시대가 되었다. 허브라든가 특정 식물을 통한 치유는 그 근원을 따라 올라가다 보면 이런 가족들이 공유할 수 있는 냄새를 통해 정서적인 안정 그 이상의 것을 발견할 수 있는 것이다.

은퇴를 앞둔 사람들에게 해주고 싶은 얘기가 있다면?

두려워하지 말고 성큼 나오면 새로운 세계가 있다는 것을 말해주고 싶다. 그리고 자유로움 안에서 맘껏 자기를 표현할 기회를 만들기를 바란다. 지금부터는 내가 주인공이 되는 거다. 나를 위해서 무엇을 해야 하는지는 본인이 잘 알 테니까….

특별한 건강비법을 소개해준다면?

난 좀 엉터리다. 무엇보다 건강이 제일 중요하다는 거 잘 알면서도 내 감성의 추가 기우는 쪽으로 행동하는 나를 보고 딸이 나무라지만 나는 내가 좋은 것을 해야 행복하니 어쩌겠나. 매일 해야 하는 운동도 빼먹기 일쑤고 밥 먹고 잠자는 것도 규칙이 없다. 그냥 내가 좋아하는 것을 하고 내가 보고 싶은 것을 찾아 행하는 것이 건강 비결이라 한다.

글_최금숙
(월간 사람 2019년 11월호)

지은이 엄희자

성균관대학교 국문학과를 졸업하고 잡지사 기자로 출발, 학원사·주부생활 출판부 편집자로 근무했다. 그동안 만들어낸 베스트셀러가 수십 권에 이른다. 40여 년간 출판계에서 일하면서 인문학 위주의 출판시장에서 여성 실용서를 탄생시키고 꽃 피웠다.

평생 남의 책만 만들어주다가 정년퇴직 후 자신만의 글쓰기를 시작해 월간 문학 수필 부문에 입선, 수필가로 활동 중이다. 요즘은 취미 생활로 시작한 민화 그리기에 빠져 병풍도 만들고 쿠션도 만들면서 재미있는 시간을 보내고 있다.

그린이 이경

미국 파슨스 디자인 스쿨에서 일러스트레이션을, 스쿨 오브 비주얼아트 대학원에서 컴퓨터 아트를 전공했다. 현재 뉴욕에서 작품 활동에 전념하고 있다.

지은이 | 엄희자
삽화 · 디자인 | 이경

인쇄 | HEP

초판 인쇄 | 2021년 9월 27일
초판 발행 | 2021년 10월 5일

펴낸이 | 이진희
펴낸곳 | (주)리스컴
　　　　www.leescom.com

주소 | 서울시 강남구 밤고개로 1길 10, 수서현대벤처빌 1427호
전화번호 | 대표번호 02-540-5192
　　　　　영업부 02-540-5193
　　　　　편집부 02-544-5933 / 544-5944
FAX | 02-540-5194
등록번호 | 제2-3348

ISBN 979-11-5616-240-7 03810
책값은 뒤표지에 있습니다.